Die Zärtlichkeit des Eisenkeils

Satz: Schaber Satz- und Datentechnik, Wels
Printed in Germany by F. Pustet, Regensburg
ISBN 3-7017-1178-X

ALOIS BRANDSTETTER

Die Zärtlichkeit des Eisenkeils

Roman

Residenz Verlag

Unser Dorf soll schöner werden. Dies ist das Motto örtlicher Verschönerungsvereine. Ein solcher Verein mit einem solchen mir sympathischen altmodischen Namen wurde vor wenigen Jahren in meiner Heimatgemeinde Pichl in Oberösterreich gegründet. 1998 bin ich ihm als Mitglied beigetreten. Ich habe eine niedrige Mitgliedsnummer. Ganz Pichl hat ja nur ungefähr dreitausend Einwohner, rund ein Zehntel dürfte dafür sein, daß das Dorf schöner wird. Die Nichtmitglieder sind möglicherweise allem Schönen gegenüber gleichgültig oder vielleicht auch Gegner des Vereins. Was ist schon schön! Gerade die Bauern haben mit einigen Aktivitäten keine Freude. Sie sind eher dafür, daß jene Gehwege, die dem Verein am Herzen liegen, abgeschafft als erhalten und gepflegt und ein wenig befestigt werden. Auch die neu aufgestellten Bänke neben den Wegen und am Waldrand betrachten sie als Hindernisse und als unnötig. Viele Bauern sind für das sogenannte Kommassieren, einige Bauern, vor allem die sogenannten großen, die es aber genaugenommen hier gar nicht gibt, möchten die ganze Gemeinde planieren und umackern und drainagieren. Sie sagen: Unser Dorf soll übersichtlicher werden. Das Land soll maschinentauglich gemacht werden.
Was heißt: Unser Dorf soll schöner werden? In meinen Augen hieße das vor allem: Unser Dorf oder die Dörfer unserer Gemeinde, es sind an die fünfzig kleine Weiler, sollen in vielem wieder werden, wie sie einmal waren und wie ich sie in Erinnerung habe. Ich hielte etwa die alte Hühner- und Geflügelhaltung, die Freilandhaltung also, für einen Fortschritt gegenüber der neuen, modernen, an-

geblich rationellen Batteriehaltung. Wie herrlich haben in meiner Kindheit im Morgengrauen vor allen Bauernhöfen die Hähne gekräht, und gackernd sind die Hühner durch das Schlupfloch im Stall im Gänsemarsch ins Freie gewackelt und haben ihr Tagewerk begonnen. Sie haben gepickt und gepickt. Natürlich haben sie auch immer wieder etwas fallen lassen. Insofern, als die Hühner ihre Notdurft nun nicht mehr im Freien verrichten, ist das Dorf in gewisser Weise schöner geworden. Ich würde aber jene sogenannte Verschmutzung liebend gern in Kauf nehmen, wie ich auch den höheren Preis für Eier von sogenannten glücklichen Hühnern gern in Kauf nähme, wenn ich die armen Kreaturen in Freiheit wüßte. Ich weiß freilich auch, daß ein Mensch, der den Fortschritt hauptsächlich im sogenannten Rückbau sieht, dem Rückgängigmachen von Regulierungen und Begradigungen, auf verlorenem Posten steht. Statt »Posten« habe ich eben »Pisten« geschrieben und korrigiert. Ich hätte es auch stehenlassen können. Ich leiste mir den Luxus der Nostalgie und des Rückbaus an meinem alten Haus. Mir ist freilich bewußt, schmerzlich bewußt, daß vieles unumkehrbar ist. So bin ich in diesem Jahr 1998 nicht nur dem Verschönerungsverein beigetreten, sondern auch sechzig Jahre alt geworden. Da hilft kein Rückbau. Meine Organe sind so alt wie ich. Die noch vorhandenen Reste an Haupthaar sind grau bis weiß, und dabei soll es bleiben, ich will sie weder dunkel färben noch unter einer Perücke verstecken, wie es vielleicht der Ideologie von Verschönerungsvereinen entsprechen würde.
Es bleibt dabei? Leider bleibt es nicht dabei. Schön wär's, wenn es »dabei«, ja nur bei irgend etwas bliebe! Wir bewegen uns aber in einer Einbahn, sogar die konservativen Geisterfahrer wie ich müssen in die eine Richtung. *Senso unico* ... Es führt kein Weg zurück. »Wenn jetzt jetzt ist,

ist jetzt jetzt«, heißt es in einem »Gedicht« des Informationstheoretikers Max Bense, das mit dem Wort »jetzt« den Augenblick beschreiben und festhalten will. Inzwischen vergeht aber die Zeit…

Die eigentliche Sensation des Jahres 1998, von dessen Erlebnissen ich im folgenden Mitteilung zu machen gedenke, stand in einem der ersten Protokolle des Pichler Verschönerungsvereins: Der Eisvogel ist wieder da! Er wurde von einigen Vereinsmitgliedern, vor allem aber dem Präsidenten des Vereins gesichtet. Der Eisvogel, der in der alten Mundart »Eisenkeil« heißt, hat sich sozusagen bei der Vereinsleitung zurückgemeldet, nachdem er Jahrzehnte als verschollen, wenn nicht gar in unseren Breiten als ausgestorben galt. Die Wiederkehr des Eisvogels ist in meinen Augen das großartigste Einstandsgeschenk für den naturverbundenen Verein, ein himmlisches Präsent für die ganze Gegend, der man keine größere Freude machen hätte können. Jedenfalls sollte es ihr eine große Genugtuung sein! Man sollte ein Fest feiern, wie es der biblische Vater für seinen verlorenen Sohn ausgerichtet hat. Aber es sollte natürlich kein Schlachtfest sein und sicher kein Orgien-Mysterien-Theater… Das würde den scheuen Vogel sicher sehr verstören.

Ich erinnere mich an einen merkwürdigen Standler auf den Welser Volksfesten meiner Kindheit. Dort stand auf einem kleinen Treppchen mit einer sonnenschirmartigen Überdachung ein buchstäblich pfiffiges Männchen und verkaufte als einziges Produkt ein kleines, raffiniert gestaltetes Metallplättchen, das man in den Mund nehmen und an den Gaumen drücken mußte und mit dessen Hilfe man alle möglichen Vogelrufe täuschend ähnlich nachmachen konnte. Jener ornithologische Tierstimmenimitator hatte ein schmalkrempiges Hütchen auf dem Kopf und entsprach in seiner Kleidung ungefähr einem Vogelhändler. Da er auch spaßige Zwischenreden führte, war er immer von vielen Menschen umstanden, ja umringt, die sich an seinen Hervorbringungen ergötzten. Er war wirklich ergötzlich. Und ganz besonders erinnere ich mich daran, daß er gerade den Eisvogel, vulgo Eisenkeil, imitierte und den charakteristischen Eisvogellaut produzierte, sein unverwechselbares Isi Isi Isi, das ihm ja neben dem lateinischen Namen *Alcedo* den zweiten, sozusagen den Spitznamen *Ysidia* eintrug, wie ja schon im Grimmschen Wörterbuch vermerkt steht: »Ysidia, Eisvogel, a sono isi«, wie im Bayerischen Wörterbuch von Andreas Schmeller auch Konrad von Megenberg mit dieser Etymologie zitiert wird: »Isida haizt ain eisvogel vnd hat den namen von seiner stymme, wan er schreit ysi ysi ...« Der Vogelhändler des Volksfestes sprach sozusagen auch Latein, ohne es zu wissen oder gelernt zu haben. Er bot in seinem Metier eine reife Leistung, die Lateinmatura freilich, das große Latinum wird er nicht gehabt haben. Es ist im übrigen aufschlußreich zu sehen und zu lesen, wie in der alten naturkundlichen, im besonderen ornithologischen Literatur die Vogellaute schon exakt oder onomatopoetisch »zutreffend« nachgebildet und »wiedergegeben« werden. Die Alten haben genau hingehört und zugehört, mehr noch, sie haben gehorcht. Horchen ist ein intensiviertes Hören. Auch das bairisch-österreichische »losen« für hochsprachlich »hören« hat diesen eindringlichen Charakter, auch »losen« ist semantisch gesehen mindestens ein *verbum intensivum*.

Heißt nun der Eisvogel mit dem lateinischen Namen *Isidia* oder *Ysidia*, so dominiert, das heißt herrscht, rein nomenklatorisch offenbar das Weibchen. *Dominieren* könnte freilich von *dominus*, der Herr, und *domina*, die Herrin, gleicherweise kommen. Das deutsche Wort »herrschen« ist natürlich generisch gesehen nicht so neutral. Es scheint sich im übrigen so zu verhalten, daß gerade bei kleinen Tieren die weibliche Form oft auch die ganze Gattung bezeichnet. So ist auch das Männchen eine Meise, während etwa die Adlerin ein Adler sein muß. Der männliche Eisvogel müßte konsequenterweise Isidor heißen. Dies ist ein Name, der mir so gut gefällt wie der kleine Vogel, dem ich ihn gerne verleihen möchte. Ich dachte übrigens daran, auch einen meiner Söhne Isidor taufen zu lassen, vielleicht auch in der Erwartung und Hoffnung, daß er dereinst ein großer Gelehrter wie Isidor von Sevilla werden würde, der der Verfasser der »Etymologien« ist – eines Werkes, das für mich beispielgebend ist, wenn es natürlich auch manche Volksetymologie und manchen Irrtum enthält, was es mir aber nur noch sympathischer macht –, aber ich bin mit meinem Namensvorschlag leider nicht durchgedrungen, ja habe damit geradezu Verachtung geerntet. Das Entsetzen über meinen Namensgeschmack war sehr groß! Ob ich das Kind dem Gespött ausliefern und preisgeben wolle. Isi, Isi, wurde mir entgegengehalten, würden die Leute sagen. Na und?, fragte ich zurück. Man hat mich Rabenvater genannt! Es half auch nichts, daß ich die Etymologie des Namens Isidor ins Treffen führte, die nun nichts zu wünschen übrigließ. Und auch alle Gesichtspunkte der Gelehrtheit und der Heiligkeit des Namenspatrons wurden mir verwiesen. Und ich hatte es doch nur gut gemeint. Und wäre nicht der große Bischof der Namensregent und das »namhafte« Vorbild, so wäre es in meinen Augen auch keine Schande, nach der Isidia, also nach dem Eisenkeil, benannt zu werden, wenn man all das Gute von der Bescheidenheit bis zur absoluten Treue bedenkt, das der Isidia von alters her nachgesagt wurde! Der Wiedehopf, ein naher Verwandter des Eisvogels, wird übrigens schon im sogenannten »altdeutschen Physiologus« als das Paradebeispiel und als »Ausbund« an Elternliebe, das heißt Kindesliebe, der Liebe der Kinder also gegenüber den Eltern, im besonderen der Mutter hingestellt und dargestellt. Es heißt also bereits um das Jahr 1000: »Der Physiologus will uns über die Wiedehopfin unterrichten: Wird sie alt, so verläßt sie das Gesicht, und sie kann nichts mehr sehen. Sobald aber ihre Jungen dies bemerken, daß ihre Mutter nicht mehr sehen kann, geben sie Salbe auf ihre Augen und brüten über ihr so lange, bis die Sehkraft zurückkehrt. Schade und Schande über alle Menschen, die an ihren Eltern nicht dementsprechend handeln, wie zu handeln sie verpflichtet wären!« Die Brut brütet die Mutter aus! Welch großartiges Mythem. Die Griechen kannten den *paideugeron*, den kindlichen Greis, den Alten, der zum Kind wird. Äneas trägt den Vater Anchises auf den Schultern. Der Sohn trägt in der Erzählung »Das Urteil« von Franz Kafka den Vater wie ein Kind auf den Armen zum Bett. In einigen Ausprägungen dieser Konstellation geht es freilich nicht um die schöne Kindesliebe. Es kann wie im »Urteil« auch sein, daß sich der Junge »überhebt«, wenn er sich über den Erzeuger erheben will ... Indem ich meine Vorliebe für den Namen Isidor zurückgestellt und mich zu einem modernen und zugleich auch ehrwürdigen Namen für meinen ältesten Sohn verstanden und mich mit seiner Mutter einverstanden erklärt habe, brauche ich aus diesem Grund nun bestimmt keine Vorwürfe erwarten oder befürchten: Isi, Isi, Isi!

Isidor, nicht nur welch ehrwürdiger, sondern auch welch merkwürdiger Name für den letzten Kirchenvater im 6./7. Jahrhundert, wenn man die *origo* des Namens des Verfassers der »Etymologien« vel »Origines« bedenkt. Isidor heißt übersetzt »Geschenk der Isis«. Heidnischer und schöner kann ein Name gar nicht sein. Man müßte freilich zurückfragen, also im etymologischen Sinn noch »radikaler«, »an die Wurzel gehend« fragen, wie denn Isis zu ihrem Namen gekommen ist. Ist ihr die Isidia heilig, der isi isi schreiende Vogel? Einen denkwürdigen Namen hat übrigens auch der Wiedehopf, der mit dem *wied*, altdeutsch für »Wald« oder »Holz« – ich bin immer noch am »Wiedhacken«! – und mit hüpfen *(hopf)* gar nichts zu tun hat. Die Form »Widehopf« für den Vogel mit dem eigenartigen Kamm, der ihn so kampflustig und geplustert aussehen läßt, verdankt sich einer Verballhornung, semantisch gesehen einer »Volksetymologie«. Sie könnte von Isidor von Sevilla stammen. »Hopf« ist in Wahrheit der entstellte Rest des lateinischen *up*, wie der Vogel mit seinem lateinischen zoologischen Namen Upupa heißt. Mit up up haben die Lateiner den Paarungsruf des Männchens nachgebildet. Das ist natürlich kein besonders eindrucksvoller Name, wie das Renommee des Wiedehopfs im Gegensatz zum Eisvogel ganz allgemein nicht besonders groß ist, er ist als schmutzig und vor allem stinkig verschrieen, weil er sich mit einem übelriechenden Sekret gegen seine Feinde, von denen es nicht wenige gibt, wehrt. Eigentlich darf man ihm den üblen Gestank also nicht übelnehmen. Jeder hilft sich, wie er kann, und er oder sie, die Upupa, kann eben nicht anders. Ist der Ruf aber erst einmal ruiniert, dann kommt es auf den Namen auch nicht mehr an. Die Upupa lebt ganz ungeniert. Es würde ja auch jenem wunderbaren Vogel, der auf den Namen Auerhahn hört, nichts ausmachen, wenn er nach seinem Balzruf benannt worden wäre, der nun nicht nur das Weibchen, die Auerhenne, erregt, sondern auch die Jäger in eine gefährliche Erregung versetzt. Nicht nur die männlichen Tiere, auch die männlichen Menschen, wir armen Männer, verlieren ja bekanntlich in jenem Zustand das bißchen Verstand. Der Wiedehopf also ist wegen seines Paarungsrufs, seines Sehnsuchtsschreis sozusagen »verschrieen«, obwohl sicher auch dieser Vogel noch andere Sorgen als *coire* hat, um es nur deutlich zu sagen. Von animalisch wirkenden und »ungeistigen« Menschen heißt es manchmal, sie hätten ein Spatzenhirn. Vom Gehirn des Menschen sagt man freilich auch, es sei sein wichtigstes Geschlechtsorgan. Ein Grund mehr, den Spatzen gegen die Menschen in Schutz zu nehmen!

Themenwechsel! Für mich war das Jahr 1998 nicht nur wegen des Wiedererscheinens des Eisvogels denkwürdig und »folgenschwer«: Am 5. Dezember 1998 wurde ich sechzig Jahre alt! Meine Heimatgemeinde Pichl bei Wels ernannte mich aus diesem Anlaß zum Ehrenbürger. »Aus diesem Anlaß«, doch wurde ich wohl nicht wegen meines biologischen Alters ausgezeichnet, sondern weil ich mich in meinen Schreibarbeiten wiederholt mit meiner engeren Heimat beschäftigt und sie somit in Oberösterreich, wenn nicht gar in Österreich bekannt und zu einem Begriff gemacht habe. So ähnlich lautete die Begründung. Gelobt wurde dabei ausdrücklich meine sogenannte Haltung, die als nicht unkritisch, aber doch als freundlich beschrieben wurde. Ich bin somit mit der Heimat nicht ins Gericht gegangen, sondern eher zum Tanz geschritten. Ich habe mich mit ihr weniger auseinander- als zusammengesetzt. Das materielle Geschenk, das mir die Gemeinde gemacht hat, verdanke ich und verdankt sich nun doch einer Art »Auseinandersetzung« und Kritik, die ich in meinem Erinnerungsbuch »Vom Schnee der vergangenen Jahre« verewigt habe. Dort habe ich mich in einer Geschichte über Bäume darüber beschwert, daß man in den fünfziger Jahren jene Eichenbäume gefällt habe, die dem Weiler, aus dem ich komme, Aichmühl, den Namen gegeben haben. Moniert habe ich auch, daß man sich beim Aufstellen neuer Ortsschilder nicht mehr die Mühe gegeben habe, die Vier-Häuser-Ortschaft Aichmühl mit eigenen Schildern oder Tafeln zu versehen, sondern daß man sie bei der größeren, angrenzenden, Geisensheim, dazugeschlagen habe. Was den sogenannten Baumfrevel betrifft, so nannte ich sogar konkrete Namen, nämlich den des Rieder Skifabrikanten Fischer, im Straßenzusammenhang den Namen Schlager. Und auch meinen Bruder Felix ließ ich nicht unerwähnt, ich Nestbeschmutzer. All dieses von mir angeprangerte Unrecht wurde nun durch das Präsent der Gemeinde bei meiner Ehrenbürgerfeier wiedergutgemacht. Der Bürgermeister überreichte dem Ehrenbürger zwei Ortstafeln mit der Aufschrift AICHMÜHL mit dem Versprechen, sie demnächst aufstellen zu lassen. Dazu bekam ich noch eine zwei Mann hohe Eiche in einem großen Topf, die ich an einer mir geeignet scheinenden Stelle einpflanzen darf. Die Überraschung war gelungen und meine Verblüffung vollkommen.

Zugleich sind mir freilich, als jene Stellen aus meinen Erinnerungen vorgelesen wurden, auf die sich das Geschenk oder die Geschenke als Auslöser beziehen, wieder und nicht zum ersten Mal einige dichterische Freiheiten bewußt geworden, die ich mir gerade bei der Geschichte von den Eichen erlaubt habe. Diese Geschichte nun hat einen wahren Kern. Verläßlich ist daran die Mitteilung von der kalten Eingemeindung Aichmühls in Geisensheim, wenngleich man bei Weilern freilich nicht von »Gemeinden« sprechen kann. Wahr ist auch, daß damals zwei riesige Eichen in unserer Nachbarschaft gefällt wurden. Falsch aber ist der Eindruck, den ich erzeugt habe, daß sie, diese beiden Eichen, uns gehört und mein Vater oder mein ältester Bruder mit ihrem Verschwinden etwas zu tun gehabt hätten. Falsch – oder sagen wir: nicht ganz richtig – ist auch der Name Fischer in diesem Zusammenhang. Es handelte sich bei jenem Holzeinkäufer, der die Eichen – genaugenommen und richtiger gesagt sogar mehr oder vor allem Eschen – bei den Bauern aufgekauft hat, nicht direkt um den Skifabrikanten Fischer, sondern um den Besitzer des Rieder Sägewerks Wölflingseder. Nun hatte es wohl geheißen, daß dieser für jenen in Sachen Eichen unterwegs sei, mir war aus verständlichen erzählerischen Gründen der Name Fischer sympathischer, weil er der bekanntere war und geeigneter, meiner Geschichte überregionale Bedeutung zu geben. So hat jedenfalls jene Geschichte, wenn man sie, wie bei der Ehrenbürgerfeier geschehen, autobiographisch und realistisch liest, einige Schönheitsfehler ... Ich pflegte mit der Wahrheit einen etwas liberaleren, sozusagen sophistischen Umgang. Wenn ein Sophist sagt, gestern sei vor Zypern ein Schiff gesunken, dann kann es sein, daß es sich nicht eigentlich um ein Schiff, sondern um ein Flugzeug handelt, daß das Schiff nicht gestern gesunken ist, sondern das Flugzeug morgen starten wird, und zwar nicht auf Zypern, sondern auf Kreta. Sonst ist alles richtig. In meinem Fall handelte es sich also mehr um Eschen als um Eichen, die nicht der Fischer, sondern der Wölflingseder geschlägert hat, und sie gehörten nicht uns, sondern dem Miklbauern in Geisensheim. Mein Bruder aber hat nicht Eichen gefällt, sondern Kanadapappeln gepflanzt. Sonst ist alles richtig.

Einen solchen Lügner also hat man zum Ehrenbürger ernannt, einen Fabulierer jedenfalls, der sich nicht nur manche Koketterien und Mystifikationen erlaubt hat, sondern nicht nur einmal neben der Wahrheit gelandet ist. Manche Ungenauigkeiten sind freilich, zu meiner Entschuldigung sei es gesagt, wirklich auf Mängel im Erinnerungsvermögen zurückzuführen. So habe ich etwa im Text »Blumen und Klee« von der Ölgraberin berichtet, die sich bei einem Sturz mit ihrem Fahrrad vor unserer Mühle mit der eben vom Schmied abgeholten Sense, die sie auf das Rad gebunden hatte, an der Ferse verschnitt und verletzte. Vor Jahren nun hat mich der Sohn der Ölgraberin darauf aufmerksam gemacht, daß es sich nicht um eine Sense, sondern ein... ja, jetzt haben wir die Schwierigkeit, um ein »Heindl«, wie es in der Mundart heißt, gehandelt habe. Dieses Gartengerät »Heindl« wird heute in den Baumärkten als Harke verkauft. Und wie viele ähnliche Fehler mögen mir noch unterlaufen sein. Ich habe freilich entdeckt und herausgefunden, daß Literatur Wahrheit schafft, der Respekt vor dem Geschriebenen ist bei manchen Menschen so groß, daß sie sich nicht zu widersprechen trauen, auch wenn sie etwas ganz anders im Gedächtnis haben, als sie es beschrieben gefunden haben. Bevor sie der Literatur mißtrauen, mißtrauen sie sich eher selbst. Natürlich gibt es auch das andere Extrem, die notorischen Besserwisser, denen es kein Mensch und kein Schriftsteller recht machen kann.

Wer wie ich mit seinen Schreibarbeiten auch ein historisches Interesse verfolgt, also darstellen will, wie es eigentlich gewesen ist, um Leopold Rankes Programm und Maxime zu zitieren, der muß sich manche Korrekturen gefallen lassen, sach- und realienkundliche Ergänzungen und Verbesserungen. Und wenn er sich auf das Geschäft des Vervollkommnens und Verbesserns einläßt, muß er gewärtigen, daß er neue Fehler macht und auch etwas liefert, was man »Verschlimmbesserung« nennt. Oft kommt man von der Originalausgabe zur zweiten, »verbesserten« Auflage vom Regen der Ungenauigkeit in die Traufe des Irrtums.

Und wäre man Perfektionist, dann dürfte man wohl überhaupt nur ein Werk schaffen, einen Roman schreiben oder auch ein Bild malen, und den Rest seines Lebens damit verbringen, das in die Welt gesetzte Werk zu verbessern und zu vervollständigen und zu vervollkommnen. Albert Camus schreibt in seinem Roman »Die Pest« über einen solchen beamtenhaft peniblen und pedantischen »Poeten«, der ein großes Werk plant, aber über den ersten Satz nicht hinauskommt, weil der ihm nicht und nicht entspricht. Grand heißt der Angestellte und Dichter, der sich dem Arzt Rieux gegenüber, der ihn besucht, so merkwürdig anstellt, und dieser erste Satz seines Werkes lautet in der sozusagen definitiv provisorischen und endgültig unvollkommenen Gestalt: »An einem schönen Morgen des Monats Mai durchschritt eine elegante Amazone auf einer wunderbaren Fuchsstute die blühenden Alleen des Bois de Boulogne.«

Schöne Sätze, schöne Bücher schreiben, schöngeistige Literatur, wie man früher gesagt hat, das hatte ich mir durchaus vorgenommen, und dafür war ich mit jener Ehrenbürgerschaft wohl belohnt worden. Natürlich kommt man auch bei diesem Vorhaben nicht über den allgemeinen Kreislauf des Häßlichen und Schweren hinaus. In Schönheit untergehen, heißt eine Redensart, und einem Untergang sind wir und bleiben wir geweiht. Ich sage absichtlich »geweiht«, um diesem Niedergang sein Geheimnis zu erhalten und das Auferstehen nicht auszuschließen ... Dies alles muß vergehen. In Schönheit untergehen. Es ist bei der Gelegenheit jener Ehrenbürgerfeier und bei einer weiteren Feier anläßlich meines Geburtstages auch viel vom großen Schriftsteller Thomas Bernhard die Rede gewesen. Dies in einer mich erhöhenden und preisenden Absicht. Ich habe es gerne vernommen, habe aber jene Vergleiche nicht erwartet und keineswegs bestellt. Bernhard kann sich nicht mehr wehren. Und das Sichwehren war ja nun seine bestimmende Intention. Es ist nicht vorstellbar, daß er diesen Vergleich, mit welchem kritischen und analytischen Scharfsinn er auch angestellt worden sein mochte, gerne gehört hätte. Denn ich erinnere mich selbst daran, daß er seinen Beitrag für die von mir herausgegebene Sammlung »Österreichische Erzählungen des 20. Jahrhunderts« zurückziehen wollte. Er wolle nie wieder, sagte er damals Mitte der achtziger Jahre, also Jahre vor seinem bekannten Testament beziehungsweise seinem Tod, mit anderen österreichischen Autoren zusammen in einem Buch erscheinen oder aufscheinen. Er wolle von allen Kollegen in Ruhe gelassen werden. Er rechnete ganz offensichtlich alle österreichischen Autoren zum offiziellen Österreich, wir waren in seinen Augen alle angepaßte Staatsschriftsteller, die ihren faulen Frieden mit der Obrigkeit gemacht hatten. Und es bedurfte damals großer Überredungskunst durch eine Bernhard offenbar sympathische Frau im Verlag, daß er sich schließlich dazu bereitgefunden hat, seine großartige Filmerzählung »Der Italiener« im Ensemble zu belassen. Sie ist eine Zierde jener sicher repräsentativen Sammlung. Das war übrigens tatsächlich der letzte »gemeinschaftliche« Beitrag Bernhards zu einer solchen »nationalen« Unternehmung.

Wie Bernhard, hieß es also in jenen Vergleichen, sei auch ich ein Geschichtenzerstörer. So weit, so gut. Ein grundlegender Unterschied freilich zwischen B. und B. muß Bernhard selbst aufgefallen sein, und er betrifft genau den oben angesprochenen Punkt der sogenannten schönen Bücher. Einmal, Ende der siebziger Jahre, besuchte mich mein Verleger Wolfgang Schaffler in Pichl. Und er kam, wie bei seiner jährlichen Besuchstour wohl üblich, von Ohlsdorf zu mir. Von Ohlsdorf nach Pichl, die Reihenfolge war klargestellt. Wolfgang Schaffler erzählte dann auch immer von den Gesprächen in Ohlsdorf. Damals erzählte er nun, daß dort die Rede auf mich gekommen sei. Bernhard hatte offenbar von mir Notiz genommen, aber mit einem gewissen Widerwillen bemerkt, daß ich offensichtlich immer wieder »schene Biacha« schreibe. Das sei ein grundsätzlicher Fehler, sagte er zu Schaffler, und er bat Schaffler auch, mir auszurichten, als kollegialen Rat, ich solle aufhören, »schene Biacha« zu schreiben. Ich solle lieber »schiache Biacha« schreiben. Er selbst, sagte er, schreibe ausschließlich »schiache Biacha« und habe damit sogar bei Lesern, die sonst nur »schene Biacha« wollten, Erfolg. Ich selbst bat damals Schaffler, er solle sich für mich bei B. das nächste Mal in Ohlsdorf oder Salzburg herzlich bedanken, ihm aber zugleich ausrichten, daß ich seine »schiachen Biacha« phantastisch und wunderschön, nicht bloß »schen« finde und er in seiner Art fortfahren möge, wie wohl auch ich aus meiner Haut nur schwer herauskönne. So überbrachte Wolfgang Schaffler wohl auch manchmal eine Botschaft oder Nachricht aus Pichl, aus jenem Pichl, das Bernhard lange vor meiner Zeit bereits bekannt war. Als ich das erste Mal mit ihm nach einer seiner Lesungen im Orpheus-Foyer des Salzburger Festspielhauses zusammentraf, erzählte er mir auf dem Weg ins Café Tomaselli, daß er öfter in Pichl gewesen sei, weil er mit unserem Gemeindearzt Dr. Teufl und vor allem seiner Frau, Agi Teufl-Handel, befreundet sei. Er war sehr gut aufgelegt, aufgeräumt und gesprächig, obwohl (oder weil?) seine Lesung aus dem Text »Gehen« von drei jungen Studenten gestört worden war, die in einer Art Prozession den Erzählungstitel »verifizierten« und durch ständiges Herumgehen Zuhörerschaft und Vortragenden »umzingelten«. Dabei murmelten sie irgendwelche gebetsartigen Texte, vermutlich Bernhard-Sätze aus jenem oder einem anderen Buch. Und obwohl Bernhard in seiner bekannten Art leicht grinsend den Mund verzog und überhaupt belustigt schien, hörte er dann doch nach relativ kurzer Zeit zu lesen auf und erklärte die Veranstaltung für beendet. Der Verleger machte noch einen untauglichen Versuch, die Lesung zu retten, er rief wohl nach einem Ordnungsdienst oder auch der Polizei als Saalschutz, freilich in der besten Absicht und Intention, seinen bedrängten Autor vor Insultation zu schützen und seine Veranstaltung zu retten. Ich saß vorne in der ersten Reihe neben Schaffler, auf den ich kalmierend einzureden und den ich von der Aussichtslosigkeit seiner Anstrengung zu überzeugen versuchte. Mir war nämlich nicht entgangen, daß Bernhard der Skandal dieser Störung gerade recht kam, weil er ihn von der, wie dann zu erfahren war, ungern und mit Widerwillen eingegangenen Verpflichtung entband und befreite. Die Zwischenrufer kamen ihm wie gerufen, und so wirkte seine Lesungsverweigerung als Antwort auf die Demonstranten alles andere als demonstrativ oder zornig oder beleidigt. Das möglicherweise Schlechte, das ihm die wilden Jungen antun wollten, tat ihm sichtlich gut. Am Tag nach dem damals schon Berühmten las im Rahmen der Veranstaltungsreihe zur Buchwoche ein junger Unbekannter aus einem Roman mit dem Titel »Zu Lasten der Briefträger«. Und es ist bezeichnend für die damalige Situation, daß die »Salzburger Nachrichten« über diese Lesung unter der Überschrift »Bernhard, lustig« berichteten. Es war also damals bereits von einer gewissen Verwandtschaft, aber auch Differenz die Rede. Natürlich ist es für einen jungen Autor nicht gerade ersprießlich, wenn er immer mit einem anderen, älteren verglichen wird und auf einen anderen bezogen wird,

denn ein solcher Vergleich kann auch leicht in einen Plagiatsvorwurf oder den Vorwurf des Epigonentums münden. Ich habe auch in Interviews einbekannt, daß ich von Bernhard gelernt habe, vor allem was die Eigenart des buchlangen Monologs, aber auch den Mut zu Wiederholungen und Übertreibungen betrifft. So gesehen hat die Rezension meiner Lesung etwas Zutreffendes bemerkt und etwas Richtiges gesehen. Bernhard hat im übrigen selbst genug Humor besessen, seinen eigenen, unverwechselbaren Bernhardhumor eben, der oft mit dem Kafkahumor verglichen wurde, was wohl auch über seine Höhe und sein Niveau etwas aussagt. Handelt es sich um das Theater, wird auch gern Shakespeare aufgerufen, und das durchaus zu Recht, wie ich finde. Mir selbst hat es nie viel ausgemacht, wenn ich als der Epigone, das heißt auf deutsch der »Nachkommende« oder der »Nachfahre«, bezeichnet wurde, zumal, wenn so bedeutende Vorbilder und »Progonen«, also Vorläufer, aufgeboten und nominiert wurden. Es macht mir auch heute nicht viel aus, wenn ich selbst manchmal als »Progone« und »Vorfahre« dieses oder jenes Jüngeren angesehen werde. Und ich würde auch meinen »Epigonen« Gelassenheit empfehlen.
Mir war eine gewisse Nähe zu Bernhard von Anfang an bewußt, und ich habe darum schon in meinem Briefträgerroman ein Kapitel eingebaut gehabt, das dieses Bewußtsein, dieses Selbstbewußtsein des Autors und das Wissen von seiner Position, artikuliert hatte. Ich wollte in einem kleinen parodistischen Exkurs diese Spur legen. Ich wollte homöopathisch verfahren, in einer Bernhard-Kontrafaktur Bernhard »kontraindizieren«. Dieses Kapitel nun, in dem einer der Briefträger, Blumauer, dem »ortsansässigen Dichter« eine Verständigung über die Zuerkennung eines Literaturpreises überreicht und überbracht

hätte, wobei gerade der Briefträger bernhardisch gesprochen hätte, mit den bekannten Steigerungen, den Stilfiguren der Gradation also, mit Superlativen und überhaupt mit dem Wortschatz des schwärzesten Pessimismus, ist leider der Zensur anheimgefallen. Diese Passage ist inzwischen auch in dem Buch »Landessäure« erschienen, wo in einer kurzen Einleitung nicht nur der Kotext, sondern auch der Kontext, textlinguistisch gesprochen, also die Einordnung dieses Exkurses in den erwähnten Roman und die Umstände seiner Beseitigung angesprochen sind. »Was Thomas Bernhard nicht lesen durfte« heißt nun der Titel, der auf einen Titel Bernhards in der Wochenzeitung »Die Zeit« antwortet: »Was Österreich nicht lesen durfte«. Hinter Bernhards Veröffentlichung stand einer der bekannten Skandale, diesmal eher ein Skandälchen, daß nämlich der Verleger den betreffenden Text von Bernhard nicht in dem Lesebuch »Glückliches Österreich« haben wollte.
Gertrud Frank, die verstorbene Lektorin des Verlages, wollte jedenfalls Bernhard nicht mit meinem Text über den ortsansässigen Dichter vergrämen und hat darum die Passage getilgt. Vertilgt war sie damit nicht ... Und so habe ich mich später, eben nach der Zeit-Veröffentlichung, an sie erinnert. Kommt Zeit, kommt Rat. Vielleicht kann der Passus auch einmal in den alten Zusammenhang meines bekanntesten Buches »Zu Lasten der Briefträger« zurückversetzt werden. Dort gehörte er eigentlich hin. Ich bin freilich ein Rückfalltäter, und weil mir der entsprechende Passus im Briefträgerroman »mißlungen« war, habe ich noch einmal zugeschlagen und auch für den Roman »Die Mühle« ein »Stück Bernhard« modelliert. Und obwohl dieses Kapitel deutlich unfreundlicher, sarkastischer, vielleicht sogar ein wenig zynisch, jedenfalls makaber ist, weil es darum geht, daß ein Müller einen Selbstmörder an sei-

nem Wehr birgt, der schließlich an seiner Tracht von der Behörde erkannt und als eben jener ortsansässige Dichter identifiziert wird, ist dieser Text durchgegangen, hat also erfolgreich die Zensur passiert und das Licht der Buchwelt erblickt. Ich will nicht hoffen, daß er gar nicht aufgefallen ist, wenn ihn auch im Mühlenroman wahrscheinlich niemand vermutet hätte, weil es dort eher abendländisch behäbig und stifterisch geruhsam und episch zugeht... Einer freilich muß ihn entdeckt und gelesen haben. Jedenfalls wurde er für wert befunden, in die Sammlung von Bernhard-Parodien »Der Bernhardiner, ein wilder Hund« aufgenommen zu werden.

An jener Stelle im Roman ist von einer Brücke über den Bach Endach die Rede, einer Stelle in der Natur, wie sie etwa am Innbach »stattfinden« könnte, der aus dem Hausruck kommt, mein Elternhaus passiert und vielleicht fünfundzwanzig Kilometer später in die Donau fließt. Der Innbach ist ein unregulierter, stark mäandrierender und in seiner ganzen Länge von Weiden und Uferstauden gesäumter Bach. Durch den dichten Uferbewuchs ist er ein auch im Sommer sehr schattiger und darum kühler Bach. Es mußte im Sommer schon sehr lange sehr heiß gewesen sein, damit man in seinem Wasser baden konnte. Trotzdem war er unser Badeplatz, wenn wir auch immer vor Krankheiten gewarnt wurden. Lange und weit schwimmen konnte man in diesem schmalen Gerinne ja nicht, es handelte sich bei unserem Baden wohl eher um ein dauerndes Hineinspringen und die-Tümpel-Durchtauchen. Unheimlich war er mir eher wegen der uns von den Eltern und Erwachsenen angekündigten Grippen und Gehirnhautentzündungen, die wir uns holen würden, wegen der vielen Bisamratten, die in Höhlen unter den ausgeschwemmten Wurzeln von Erlen und Weiden hausten und dort heraus-

lugten. Es konnte auch sein, daß plötzlich ein solcher Bisamratz neben einem schwamm …
Es herrschte reges Leben und munteres Treiben am Bach, von Menschen und Tieren. Überall gab es sogenannte Waschbänke, auf denen die Frauen die Wäsche geschwemmt oder auch die Fenster im Frühling oder Herbst ins Wasser getaucht und gewaschen haben. Manche dieser Waschbänke waren nicht bloß überdacht, sondern auch auf einer oder mehreren Seiten »vermacht«, wie es hieß, also verplankt. Es gab auch regelrechte Waschhäuschen, die uns als Umkleidekabinen beim Baden dienten, herrlich verschlossene und verschwiegene kleine Räume, mit einer blankgescheuerten Bank an der Rückwand, auf der man sitzen und auch wetzen konnte, ohne fürchten zu müssen, daß man sich einen Span, wir sagten »einen Schiefern«, einzog. Und natürlich konnten sich hier pubertierende Jugendliche beim Ausziehen und Umziehen auch gleich ein wenig anatomisch vergleichen. Wer hatte schon wo Haare … Weit kamen wir ja nicht mit unseren Erkundungen, wir blieben jedenfalls deutlich hinter dem zurück, was Günter Grass etwa in »Katz und Maus« beschreibt. Es war sehr viel, ja fast alles eine Sünde, und der Beichtspiegel reflektierte stärker als die Wasseroberfläche. Immerhin haben sich mir später, als wir in der dritten Klasse des Gymnasiums im Anschluß an die Grammatik die Tropen und Figuren lernten und in diesem Zusammenhang auch die *Proverbia*, das heißt Sprichwörter, die *puerilia* im Sprichwort: *Sunt pueri, pueri puerilia tractant* (Es sind Buben, und Buben treiben eben Bubenhaftes), immer solche Waschhüttenassoziationen eingestellt. Was aber sind *puerilia*? Die Grammatik macht es sich sehr leicht, sie bildet von einem Substantiv ein Adjektiv, von *Mann* kommt *männlich*, von *Weib* kommt *weiblich*, von *puer* eben

puerilis, und dann tut sie so, als sei damit alles gesagt. In Wahrheit beginnt doch hier erst das Dilemma. Was liegt in der Natur der Sache, und was ist bloß Sache der Grammatik und der Sprache? In der Natur der Natur und der Sache scheint es zu liegen, daß sich ein junger Mann, voll von unerfüllten Sehnsüchten nach dem unerreichbar weit entfernten und vorenthaltenen Weiblichen, vorübergehend nach seinesgleichen umsieht und in den besten oder nächstbesten Mitschüler verliebt und zu schwärmen und zu schmachten beginnt. Robert Musil hat das Treibhausklima von Internats- und männerbündischen Gemeinschaften im »Zögling Törless« beschrieben, sehr fein und sehr feinsinnig, sublim eben, weil es schließlich ja auch um Sublimation geht. Es liegt am *limes* und den vielen *limina*, den (hohen) Schwellen und Barrieren, Grenzen und Mauern, die nicht genommen und überstiegen werden können, daß es zu so viel Sub-limation kommt und kommen muß. Das erzeugt Neurosen und Kultur … Dabei ist die Sublimation, bei der es sich ja um den (unter Umständen künstlerischen) Niederschlag von Unerfülltheit auf einem anderen als dem versperrten Gebiet handelt, um Kompensation auch und damit um Ersatz und »Entschädigung«, ohnedies noch ein Glücksfall. Im Unglücksfall aber bleibt es bei Frustration. Daraus können bekanntlich Resignation oder auch Aggression erfließen. Ein Element von Aggressivität liegt sicher in der kreativen Sublimation, wenn sie auch nicht zu wilden und wüsten Manifestationen führen muß, sondern gerade in die Gegenrichtung – etwa zu einer langen, sanften und stillen Prosa. Aber schließlich »bestraft« sich ein Autor, der einen langen Roman über eine von Verzicht und Abschied geprägte Beziehung zu einer fernen Geliebten schreibt, ja auch selbst, wenn man allein die Mühsal der Schreibarbeit und das ungesunde, elendlange

Sitzen am Schreibtisch bedenkt. Aber nachdem ich mich in dem erwähnten Roman »Zu Lasten der Briefträger« über den Unterschied von sogenannten Natur- und sogenannten Kunsterlebnissen ausgelassen habe, brauche ich mich hier nicht zu wiederholen.

In meiner Dankrede nach der Ehrenbürgerfeier habe ich mir zu sagen gestattet, daß ich über die Auszeichnung und die große Veranstaltung mit vier Chören und Musikgruppen sehr erfreut bin, weil ich gern unter Menschen bin und mir dieses Unter-Leuten-Sein überhaupt das liebste sei oder doch das zweitliebste und gleich nach dem allerliebsten komme, nämlich dem Alleinsein. Wie das? Alleinsein habe ich gemeint, nicht Alleingelassenwerden oder gar Verlassenwerden und Verlassensein. Die Lust liegt im vorübergehenden Alleinsein, bei und in dem der Einsame um die mögliche Nähe von Mitmenschen weiß, die er besuchen oder die er zu sich einladen könnte. Das führt mich zu jenen beiden Wörtern, die mir in letzter Zeit wiederholt aufgefallen, sozusagen »zugestoßen« sind und über die ich viel und öfter nachgedacht habe. Ich nenne sie einfach und versuche dann, von ihrer erratischen Merkwürdigkeit, Einzigartigkeit und ihrem Zusammenhang, der sich mir urplötzlich und wie eine Erleuchtung ergeben hat, zu erzählen. Die zwei Wörter, um deren analoge und symbolische Bezüge es gehen soll, heißen »Eisvogel« und »Stillbeschäftigung«.

Jahrelang hatte ich nicht mehr an den Eisvogel gedacht, er war mir mit meiner Jugend sozusagen abhanden gekommen. Damals freilich, in den vierziger und fünfziger Jahren, war er am Innbach keine Seltenheit. Wenn er aber auch selbstverständlich vorkam, so kam er doch nicht immer hervor. Um ihn, diesen wunderbar blau schimmernden kleinen Vogel mit dem großen Schnabel, war immer etwas Geheimnisvolles, weil er sich entsprechend seiner Natur, wie es für Vögel eher untypisch ist, in der Erde der Uferböschung verkroch, wo er sich kleine Höhlen oder Gänge gegraben hatte, aus denen er herauslugte oder hervorkam, um seine schnellen, schwirrenden Flüge über die Wasseroberfläche des Baches zu absolvieren und unendlich flink auf Insekten, etwa Wasserflöhe, hinunterzustechen und sie aufzupicken. Er war von der Größe der Spatzen, die ihm aber, was Schönheit und Merkwürdigkeit betrifft, nicht das Wasser reichen konnten. Die Spatzen galten seinerzeit als eine Art Landplage, sie fielen in Schwärmen auf Wiesen und Feldern ein oder auch im Gelände im Umkreis der Mühle meines Vaters, wo es im Mehlstaub, in aus Säcken gebeutelten, nicht nur tauben Körnern und natürlich in Mehlwürmern reichlich Nahrung und manchen Leckerbissen gab. Von den Roßäpfeln ganz zu schweigen, die natürlich von Delikatessen geradezu gespickt waren, dampfende Biotope, die buchstäblich das Leben anzogen und nicht nur Fliegen auf sie fliegen ließen. Zahlreich waren die Spatzen, wie gesagt, und frech, wie es immer wieder hieß, weil sie auch die Nähe von Pferden oder Menschen, den Bauern oder Knechten an der Mühle, nicht scheuten. Ein solches keckes Verhalten wäre einem Eisvogel natürlich oder naturgemäß nie eingefallen, er war genetisch ganz anders programmiert und disponiert, sein Schöpfer hatte ihm via Natur etwas ganz anderes eingegeben. Spatzen waren im Unterschied zu Eisvögeln Freiwild, Zielscheibe für Schießübungen mit dem Luftgewehr. Ich erinnere mich auch, daß wir immer wieder versuchten, Spatzen mit einer Falle, einem auf einem Stock, einer »Spreize«, an einer Seite aufgestützten großen Korb zu fangen. Unter den Korb wurden Getreidekörner gestreut. An dem Stock war eine Schnur befestigt, die in die Scheune hineinführte, wo wir standen und an der ausgelegten Schnur zogen, wenn wir Spatzen unter dem Korb sahen oder vermuteten. Ich kann mich aber nicht erinnern, daß wir jemals auch nur einen Spatzen fingen. Die Spatzen waren nämlich nicht nur frech, sondern vor allem gewitzt und so flink, daß sie einen niederfallenden Korb immer noch unterflogen und ins Freie entwischten. Sie waren halt schneller als die schwerfällige Schwerkraft, der sie ein Schnippchen schlugen. Das Schnippchenschlagen war überhaupt die erste Qualität der Spatzennatur, ihre Generallinie zur Verteidigung gegen die vielen Feinde. Sie tanzten ihnen, diesen übelwollenden natürlichen und unnatürlichen Feinden, den Habichten, Hähern und Roßknechten und ihren Pferden, auf der Nase herum. Um die Spatzen brauchte man sich sozusagen keine Sorgen zu machen, sie sorgten schon selbst für ihre Population. Die Sorge der Landmenschen galt eher ihrer übermäßigen Vermehrung. Jedenfalls war der Vogel meiner Kindheit der Spatz oder Fink und sonst niemand, weder Amsel, Drossel, Sperling noch Star oder sonst einer aus der ganzen Vogelschar. Fink, welch merkwürdiger Name für diesen Vogel, den flinken, und welch dümmliche Denunziation liegt im Ausdruck »Schmutzfink«, der auf die Eigenart der Nahrungsbeschaffung mit Hilfe der erwähnten Roßäpfel anspielt. Der Mensch ist der letzte, der dem Fink dies ankreiden darf. Der Mensch hat das gerade notwendig, der Trüffel- und Kaviarfresser ... Er soll schön die Goschen halten. Um nicht zu sagen seinen Schnabel, weil ihm keiner gewachsen ist. Selber Kotfink. Selber Mistfink. Und Schmierfinken haben mit Vögeln auch immer etwas Schmutziges in ihrem tierischen Sinn. Sie sollen sich schämen!

All das Vogelgeschrei um den Spatzen läßt den Eisvogel kalt. Er verkehrt nicht in diesen Kreisen. Er hält sich fern und verborgen. Man mußte damals ins Ufergebüsch entlang der kleinen Bäche treten, die, aus dem Hausruck kommend, der Donau zustreben, und man mußte einige Zeit still und ruhig sein, den Atem leise machen oder anhalten, dann dauerte es meist nicht lange, bis man den Eisvogel über das Wasser flitzen sah, flitzen und blitzen, wenn sein bläulich schimmerndes Gefieder etwa ein durch die das Laubdach hindurch scheinende Sonne erzeugtes Lichtbündel durchstieß oder wenn er, der sogenannte Stoßtaucher, mit seinem relativ großen Schnabel voran zu Wasser ging oder auch und eigentlich nur wie ein sogenannter Wasserplattler die Oberfläche im spitzesten Winkel tangierte. Er muß ein scharfes Auge und ein untrügliches Gespür für Distanzen haben, einen Instinkt eben, der ihn führt und leitet, ohne ein Wissen um Sinus, Cosinus oder Tangens. Er brütet nicht über Logarithmentafeln, und Einfallswinkel ist ihm gleich Ausfallswinkel. Er tut sich leicht mit der Schwerkraft, wenn er sich wie im freien Fall von einem Ast aufs Wasser stürzt, blitzschnell eintaucht und ein Fischlein fängt.
Das sogenannte Wasserplatteln beherrschten wir Buben freilich auch nicht schlecht. Schließlich haben wir es auch lange und ausdauernd betrieben. Wir häuften in Wehrnähe ganze Steinhaufen mit geeigneten »Plattlern«, das sind flache Steine, auf, die wir dann wie kleine Diskusscheiben um die Wette über das Wasser schleuderten, um zu zählen, wie oft sich der Stein wieder erhob, um neuerlich die Wasseroberfläche zu berühren und sich wieder und wieder abzustoßen und abzuprallen. Dabei zählten wir die Berührungen, die gegen Ende dieser Rutschpartie immer schneller erfolgten, und brachen in ein Triumphgeheul aus, wenn wir die anderen übertrafen. »Übertreffen« war hier

die Aufgabe. Natürlich mußte man gegen den Strom und die Fließrichtung schleudern. Bevor wir die Steine schleuderten, begutachteten wir sie und kündigten Rekorde an, machten auch die Steine und das Material der Gegner schlecht und lieferten recht eigentlich das, was man seit dem Altertum die »Reizrede« nennt, die ja nun bei allen Wettkämpfen eine Rolle spielt. Gern verwendeten wir auch sogenannte rhetorische Fragen: Was willst du denn mit diesem Stein? Was, das nennst du einen Plattler?! Das ist ja ein Mühlstein. Manchmal fand man auch einen so schön gezeichneten Stein, daß es einem leid tat, ihn zu verschleudern, und man hob ihn vom Boden und dann im Dachboden auf. Beim Schleudern kam es darauf an, daß man sich bückte, um den Winkel des Geschoßes flach und günstig zu halten, und vor allem auf die Richtung. Es war gar nicht so leicht, im schmalen Innbach vom Ufer aus die Bachmitte anzupeilen, und oft kam ein an sich aussichtsreicher Stein ungünstig quer und bohrte sich nach kurzem Weg in das gegenüberliegende Ufer unter den ausgeschwemmten Flugwurzeln der Flora und beschädigte womöglich die Wohnhöhle des Eisvogels, der ja auch an diesen Stellen zu graben pflegt. Das Einschlupfloch des Eisvogels in Böschungen ist übrigens oft an kalkähnlichen, weißlichen Resten und Rändern zu erkennen, weil das saubere Tier den Unrat aus der Tiefe seines Baues ins Freie schafft und beim Ausgang an die Luft setzt. »Entsorgung« nennt man das heute, und ich habe wohl schon einmal davon gesprochen, daß das Synonym von Sorge, nämlich Kummer, einmal den Unrat und den Kehricht bedeutet hat. Der Eisvogel ist freilich schon lange vor jener Zeit, als Kummer den Abfall bezeichnete, am Werk dieses Entsorgens gewesen. Ja, lange bevor der lateinische Schriftsteller Plinius in seiner Naturgeschichte den Eisvogel beschrieben

und manch Zutreffendes und manch Irrtümliches über ihn behauptet hat, was sich aber als Irrtum lange gehalten und weit verbreitet hat, war der Beschriebene schon ungerührt von allen Mythen am Innbach und an der Trattnach zugange oder *zu fluge*, flügge, wie man eigentlich sagen müßte, wenn es damals im gleichzeitigen Urgermanischen auch noch keinen Umlaut gab. Die Vogelsprache kennt ja auch keine Lautverschiebungen, die Vögel sprechen also in unseren Breiten heute noch ihre Ursprache oder Ursprungssprache. Was gäben wir darum, wenn wir beispielsweise dem Vortrag des Minnesängers Walther von der Vogelweide zuhören könnten, wenn wir einem Vogel zuhören, und es muß gar nicht die Nachtigall sein, dann hören wir, wie uns die Paläozoologie versichert, etwas über Jahrtausende Gleichgebliebenes. Walther würden wir unter Umständen gar nicht mehr verstehen, den balzenden Auerhahn sehr wohl. Es kann freilich auch sein, daß die Minnelieder seinerzeit auch animalischer und kehliger geklungen haben und die Ursprache des Menschengeschlechtes, über die Herder nachgedacht hat, näher am »Lebensvollzug« angesiedelt war. Die mittelalterlichen Dichter haben im übrigen nicht nur anders als wir gesprochen, sondern auch anders gehört. Weiß Gott, wie das Tirili der Amseln in Walthers Ohren geklungen hat. Bekanntlich »hören« ja auch unsere heutigen Sprachen die Naturlaute verschieden. Es gibt etwa keinen gleichbleibenden Standard an onomatopoetischen Lauten. Wer hören kann, der höre, wer hören kann, der staune …
Daß wir heute den Eisvogel Eisvogel nennen und nicht mehr Eisenvogel oder Eisenkeil, wie er früher und tatsächlich richtiger geheißen hat, dafür kann nun Plinius nichts. Plinius hat ihn ja bekanntlich *Alcedo atthis* genannt, wie es dem Lateinischen entspricht, das hier freilich auf dem

Griechischen fußt. Eisenkeil aber war für unsere Vorfahren, die Bauern waren oder das Bauerntum alle aus der Nähe erlebten, die naheliegendste Bezeichnung. Mit ihrem großen Schnabel, dem gedrungenen, kurzen Leib und der graublaugrün schimmernden Farbe ihres Gefieders sahen die Vögel gerade wie jene Zwickelkeile aus, die die Holzknechte in Baumstämme oder Meterscheite trieben, um sie zu spalten.

Plinius nennt den Eisvogel also Alcedo. *Alcedo alcedinis*, femininum, steht im Lateinischen Wörterbuch. Im Deutschen ist Eisenkeil oder Eisvogel männlich. So maskulin, martialisch und machohaft, männlich totalitär war das Lateinische als Sprache jedenfalls nicht. Die Römer selbst mögen ein kriegerisches Volk gewesen sein. So ist das Italienische mit seinem maskulinen *alcione* ähnlich martialisch wie die Italiener selbst, jedenfalls die italienischen Jäger, die zu den Singvögeln ein mehr als gestörtes Verhältnis haben. Die lateinische Alcedo hat jedenfalls auch das Männchen bezeichnet, das sich vom Weibchen ja kaum unterscheidet. Je kleiner die Tiere sind, umso kleiner werden auch die Unterschiede zwischen den Geschlechtern. Die Geschlechtsmerkmale kleiner Tiere, die Geschlechtsteile nämlich, werden dann so sehr miniaturisiert, daß der Laie nicht mehr mit dem sogenannten freien Auge erkennen kann, ob er es mit einem Männchen oder Weibchen zu tun hat. Das bei den Eisvögeln zu erkennen ist ungleich schwieriger als bei Stier und Kuh, Hengst und Stute. »Männchen« und »Weibchen«! Es ist ein Scherz, den sich die Sprache mit diesen Verkleinerungsformen leistet. Das Diminutiv ist in diesem Fall eigentlich gar keine Verkleinerung, vielleicht ist es eher eine Verhüllung oder eine Maskierung. Das Diminutiv wird zu einem genetischen oder generischen Fachausdruck. Alcedo ist also der heidnische oder vorchristliche, aber auch der wissenschaftliche Name für den lieben Vogel. Er hört aber ebenso auf einen christlichen Namen, weil man ihn Martinsvogerl getauft hat. Und mit diesem Martin hat es eine besondere Bewandtnis. Der Eisvogel brütet zweimal im Jahr, hat somit einen kurzen Zweijahreszeitenzyklus für die Brut. Das Überraschende und Erstaunliche ist dabei seine Winterbrut. Wenn der heilige Martin, der Bischof von Tours, sein Fest feiert, sitzt und brütet der Eisvogel in seinem Nest über den Eiern. Als ein ehrlicher Vogel tut er dies übrigens selbst und unterscheidet sich von einigen nahen Verwandten wie etwa dem Wiedehopf, der es wie der Kuckuck mit den Kuckuckseiern macht, also andere Vögel für sich brüten, das heißt arbeiten läßt, sofern man das Brüten eine Arbeit nennen kann, denn ins Schwitzen kommt man dabei sicher nicht, schon gar, wenn man sich im Winter »darübermacht«, wie eben der Eisenkeil.

Das Brüten ist sozusagen eine »Stillbeschäftigung«, womit ich bei jenem Wort bin, das mich in diesem Zusammenhang und allgemein in letzter Zeit beschäftigt hat. Plinius nun lehrt, daß die Alcedo zwei Wochen vor und zwei Wochen nach dem kürzesten Tag im Jahr, also dem 21. Dezember, brütet. Dies ist eine Zeit der Stille, nicht nur bei den Christen, über die übrigens der jüngere Plinius, der vom älteren, unserem Plinius, dem Verfasser der »Naturgeschichte«, adoptiert worden war, mit seinem Kaiser, nämlich Trajan, korrespondierte, während Plinius der Ältere bekanntlich beim Ausbruch des Vesuv in Pompeji umgekommen ist. Diese stille Zeit also um den 21. Dezember ist bei den Römern nach dem in dieser Zeit brütenden, in absoluter Ruhe, in totalem Frieden und völligem Stillhalten verharrenden Eisvogel benannt. Sie heißt nach der Alcedo *alcedonia*, *alcedoniorum!* Diese so erfüllte, aber eben gerade nicht von Geschäftigkeit oder Lärm, sondern von Beschaulichkeit und tiefem seelischem Erleben bestimmte Zeit ist nicht nach dem Adler oder einem anderen Flugsaurier, auch keiner kolossalen Amphibie oder einem Elefanten benannt, sondern eben nach dem kleinen Eisvogel, der Ruhe gibt und sich still verhält. Die Römer, so kriegerisch sie gewesen sein mögen, haben gewußt, was *otium* heißt. Advent und Weihnachten, christlich gesprochen, sind somit die Martinsvogelzeiten, die Eisenkeilzeiten, die Eisvogelzeiten. Die Zeit um das Fest des *Sol invictus*, der unbesiegbaren Sonne Jupiter, ist nach dem in dieser Zeit überhaupt unsichtbaren, einzig mit dem Brüten und somit mit der Stille beschäftigten Eisvogel benannt. Diese Alcedonien sind nicht nur jene Zeit, in der der kleine Vogel Ruhe gibt, sondern auch die Zeit, in der ihm der Mensch Ruhe geben muß. Beides wird durch dieses Wort angesprochen, und die Meinungen, ob eher das erstere oder das letztere im Vordergrund steht, gehen auseinander. Es handelt sich bei den Alcedonien jedenfalls um eine Schonzeit, in der sich der Vogel selbst schont und in der er der Schonung bedarf. Erst wenn die Jungen schlüpfen, beginnt wieder die Geschäftigkeit und das Leben und der Wirbel. Alles hat seine Zeit …

Nicht lange nun nach meinem Geburtstag am 5. Dezember, dem Vorabend des Nikolaustages, am Beginn also der Alcedonien, als man gegen den Geist dieser stillen Zeit um mich und meinen Namen viel Wind, einen Wintersturm sozusagen machte, widmete ich mich wieder meinen Stillbeschäftigungen, dem Nachdenken über Wörter und dem Wortemachen über dieses Nachdenken über Wörter. Konkret ging es um einen Personennamen aus Anlaß einer Festschrift für einen mit mir Gleichaltrigen, also Sechzigjährigen, der zufällig – wenn ich noch an Zufälle glauben könnte! – einen von einem Vogel abgeleiteten Namen besitzt, den Salzburger Altgermanisten, Sprach- und Literaturwissenschaftler Franz Viktor Spechtler. Das Thema der Festschrift sollte dabei die Rechtschreibreform sein. Wie all diese Bezüge und Vorgaben unter einen Hut bringen! Ich brachte es nun auf meine Weise unter einen Hut, indem ich mich der Schreibung seines Namens von meinem eigenen Namen her näherte. Ich verfuhr also nach meiner Manier. Das muß erlaubt sein, schließlich ist dem Eisvogel auch nicht an Originalität gelegen, er hält sich an seine Regeln. Und der Specht, der Namensgeber des lieben Kollegen, klopft auch immer in gleicher Art und Weise. So brachte ich also wieder einmal meinen eigenen Namen ins Gespräch, ins wissenschaftliche oder meinetwegen populärwissenschaftliche, eingedenk auch der philosophischen Erkenntnis, daß wir uns dem Fremden immer durch Vergleich mit Eigenem nähern. Ich knüpfte also bei Vorhandenem an und spann dann den Faden fort.

Unter dem Titel »Immer Ärger mit Emil« habe ich in einem Text meiner Essaysammlung »Kleine Menschenkunde« meine Not mit meinem Namen beschrieben, diesem bairischen Allerweltsnamen, der nur eine kleine »Unregelmäßigkeit« in Form des reinen e enthält, das im Telegrammalphabet mit dem Vornamen »Emil« angezeigt wird, während der (sekundäre) Umlaut mit dem Appellativum »Ärger« angegeben wird. Es geht mir damit ähnlich wie dem oberösterreichischen Mundartdichter Franz Stelzhamer, der einmal geschrieben hat, daß sein Name immer wieder als Stelzhammer verschrieben werde. Und obwohl man ihm im Leben viel vorenthalten habe, habe man ihm damit immer etwas zuviel, das zweite m zuviel gegeben. Die Quelle solcher Fehlschreibungen ist

evident, sie ergibt sich aus falschen Analogien, die Eigennamen werden als Derivate von bekannten Appellativen verstanden oder auch mißverstanden. In Stelzhamers Fall ist die fehlerhafte Basis die Vorstellung einer Derivation von Hammer, obwohl das geläufige -ham in Ortsnamen doch eigentlich vertraut sein müßte. Schließlich ist Stelzhamer bekanntlich ein Piesenhamer, also aus Piesenham gebürtig. In meinem Fall verhält es sich wieder anders. Die Mehrzahl der Brandstätter schreibt sich so, wie viele meinen, daß ich mich schreiben müßte. So schreibt sich etwa mein Optiker hier in Klagenfurt. Er ist der einzige, dem ich verzeihe, daß er seine jährlichen Neujahrswünsche an Alois Brandstätter adressiert. Er kann sich sozusagen nicht selbst in Frage stellen.
Ich weiß nicht, ob Franz Viktor Spechtler jemals mit seinem Namen Kummer erlebt hat, in diesen sechzig Jahren, die er nun zurückgelegt hat. Jedenfalls wünsche ich ihm alles Gute für die Zukunft. Sie soll keinen ärgeren Kummer bringen als einen solch kleinen Ärger mit Ärger oder Emil. Mein Schreibcomputer hat mich übrigens gerade jetzt, als ich den Namen *Spechtler* schrieb, in dem kleinen Wörterbuchfenster rechts oben rückgefragt, ob ich *Sechter* meine. *Spechtler* hat er als ein ihm unbekanntes Wort mit den kleinen roten Rauten versehen. Dieses Wort *Sechter* hat mich als ein Bauernwort natürlich sehr erfreut, es hat den Melkeimer bezeichnet, daneben auch ein Hohlmaß für Getreide von etwa sieben Litern. Und da es mit dem Wert-Wort sechs zusammenhängt, werden ihm die unsäglichen Rechtschreibreformer wohl auch nichts anhaben können. Es wird als ein »verkehrsfernes Bauernwort«, wie sich mein Doktorvater Eberhard Kranzmayer ausgedrückt hat, auch kaum ins Gespräch kommen. Nach der von den Reformern aber korrigierten Gämse, der man den herrlichen

primären Umlaut e genommen hat, traue ich ihnen durchaus auch zu, daß sie den *Sechter* auf *sacht* beziehen und auf *Sächter* »verschlimmbessern«. Es wäre nicht die einzige Volksetymologie, die die Besserwisser sanktionieren. Siehe *verbläuen* nun nach *blau* und nicht mehr nach althochdeutsch *bliuwan*, das ganz konsequent und richtig zu *bleuen* geführt hat, wie *hiute* zu *heute*. Bei *heute* müssen wir schließlich auch die *Häute* daneben ertragen, und es ist durchaus erträglich ... *Schneuzen* hat man uns auch verboten, obwohl es von *sniuzen* kommt und mit *Schnauze* wohl verwandt ist, aber nicht direkt davon abgeleitet. Über die Personennamen und Eigennamen sind die Reformer nicht gekommen, und so darf es wohl weiterhin bei *Brandstetter* bleiben und auch bei *Spechtler*. *Spechtler* hat mit seinem e natürlich an sich mehr Glück, weil sein Emil auch im Vogel *Specht* vorkommt. Und kaum einer wird beim Namen *Spechtler* an die *Spachtel* denken, von der es kommen könnte. Aber der *Spechtler* ist wohl der wie der Vogel Scharfsichtige, vielleicht auch der Vogelhändler. Ein passender Name für einen Wissenschaftler, nicht nur einen Ulrich-von-Lichtenstein-Forscher! Ganz allgemein muß man aber feststellen, daß sich zwischen den gleichgebliebenen Orts- und Personennamen und dem reformierten übrigen Wortgut durch die Reform eine zusätzliche Kluft aufgetan hat. Denn zumindest der sprachhistorisch Informierte und Interessierte wird sich fragen dürfen und müssen, warum sich die vielen Primärumlaute, die vielen Emils also, in den Ortsnamen gehalten haben, warum es also bei *Enns* geblieben ist und bleibt und nicht zu *Änns* gekommen ist, warum es aber nun partout *belämmert* heißen soll und *Quäntchen* und *behände* und *Gämse* und *überschwänglich*, statt *belemmert* und *Quentchen* und *behende* und *Gemse*. Man hat sich also einige Umlaute herausgepickt, sehr selektiv, und andere gelassen oder lassen müssen, obwohl das sogenannte Stammprinzip es anders verlangen würde. So haben wir nun *Stängel*, aber *senden*, obwohl jedermann *sandte* und den *Versand* daneben kennt. Wenn aber die Disparatheit von unumgelautetem a (Rückumlaut etwa wie in *dachte* oder *sandte*) und Primärumlaut in so vielen Fällen aufrechterhalten wird und von den einfachen Sprachbenutzern ausgehalten und ertragen wird, dann fragt es sich nach der Berechtigung der Veränderung an jenen paar wenigen Beispielen. Jetzt gibt es nicht nur die Trennlinie zwischen Appellativen und Personennamen, sondern auch eine unsystematisch veränderte, etwas verschobene Trennlinie innerhalb der Appellativa.

Ich habe vor ungefähr fünfzehn Jahren einmal im Fernsehen eine Diskussion über die Rechtschreibreform bestritten. Mein Kontrahent war damals Herr Dr. Wolfgang Mentrup von der Dudenredaktion in Mannheim. Damals war noch die Vorstellung bei den Reformern, man könnte im Bereich der Diphthonge dahingehend »vereinfachen«, daß man *Mei* und *Keiser* nach *Reis* und *heißen* schreiben sollte. Ich habe damals vehement dafür plädiert, daß es beim Istzustand bleiben und daß die Reform unbedingt unterbleiben soll. Wenn aber schon unbedingt reformiert werden soll, dann möge man die paar wenigen alten ai wie in Kaiser und Mai nicht zum Verschwinden bringen, sondern im Gegenteil die ai nach bairischem historischem Vorbild vermehren und wie im Spätmittelhochdeutschen die alten ei als ai *(brait)* von den neuen aus der Diphthongierung aus lang i entstandenen unterscheiden *(weit aus wit)*, also *weit* und *brait* schreiben. Da fast alle deutschen Mundarten einen Unterschied zwischen diesen beiden ei (aus altem ei oder aus lang i) kennen, würde das den Deutschen oder Deutschsprachigen gar nicht so viel Schwierigkeiten machen, jedenfalls nicht mehr als eine Reform in die andere, die sogenannte »Erleichterungsrichtung«. Mir leuchtet die Rechtschreibreform heute in keinem Punkt mehr ein, schon damals konnte ich nicht einsehen, warum Wörter aus einer Fremdsprache nicht auch ein wenig fremd aussehen dürfen, schon immer habe ich gemeint, daß zwischen *ich fahre rad* und *ich fahre Auto* ein sachlicher Unterschied ist, der sich auch sprachlich zum Ausdruck bringen darf, und so fort Punkt für Punkt. Einzig die Silben- und Worttrennung schien mir damals als der Reform zugänglich oder vielleicht auch bedürftig. Inzwischen hat die Technik des Schreibens und Erstellens von Manuskripten mit Hilfe des Computers auch den Sinn oder doch die Notwendigkeit dieser Liberalisierung fragwürdig gemacht.

Der Vogel hat die Rechtschreibreform Gott sei Dank unbeschadet überstanden. Das v im Anlaut ist schließlich ganz fest im ornithologischen Orthographiebewußtsein der Deutschen verankert, so fest verankert, daß das Wort *Vogel* sogar als Aushilfswort zur Ansage herangezogen wird, wenn ihm auch im Telegrammalphabet das Wort *Valentin* vorgezogen wurde, weil dort vor allem Personennamen wie *Anton*, *Berta*, *Caesar*, *Dora* Verwendung finden. Fragt also jemand: »Wie ist der Anlaut von *Vater*?«, so wird der Auskunftgeber *Valentin* nennen. Viele sagen freilich nach gutem altem Brauch immer noch *Vogel*. Daß der *Vogel* also ein v im Anlaut hat, weiß jeder. Und was ein Vogel ist, weiß auch jeder, wenn er auch nicht tief in die Zoologie eingedrungen ist. Noch ist der Frühling nicht so vollständig verstummt, daß nicht auch unsere Kinder mit den Vögeln vertraut wären. Das v hat sich im *Vogel* also gehalten, obwohl wir ja dieses v genauso aussprechen wie ein f und zwischen *Vogel* und *Fuß* diesbezüglich keinen Unterschied machen und sich die unsäglichen Rechtschreibreformer ja vorgenommen hatten, die Lautwirklichkeit an die Schreibwirklichkeit heranzuführen, Graphemik und Phonemik, um es fachchinesisch zu sagen, einander anzunähern und die sogenannte Kluft zwischen Schreibung und Aussprache zu verkleinern. Deswegen sind sie ja auch dem ph in *Foto* an den Leib gerückt und auch im *Telephon*, das nun Telefon geschrieben wird. Jetzt ist den Reformern leichter, an den Telefongebühren ändert das nichts. Über das ph in *Philosophie*, seine zwei ph haben sich die Reformer freilich nicht darübergetraut, und auch bei den Wiener *Philharmonikern* ist es geblieben. Sie dürfen weiterhin ihren berühmten Wiener Klang praktizieren. Geändert hat sich dort zeitgeistgemäß nur, daß nun auch Frauen mitspielen dürfen, mindestens dem Gesetz nach. Das Wort *Frau* beginnt übrigens auch mit einem f. Diesem f in *Frau* nun entspricht, wie die historische Grammatik lehrt und vielleicht nicht jeder, aber doch viele wissen werden, ursprünglich, sagen wir im Mittelhochdeutschen des Minnesangs, einem v, demselben alten v, das sich bis in unsere Gegenwartssprache in *Vogel* oder *Vater* erhalten hat, in *Frau* oder *fahren* aber entsprechend der Aussprache durch das f ersetzt wurde. Natürlich hat es *vrouwe* und *varn* und *vasten* und *varwe* und *vallen* wie *vater*, *vetter*, *vogel* und *vier* geheißen. Das f dagegen war ursprünglich reserviert für jenen Reibelaut, der in der sogenannten Zweiten oder Hochdeutschen Lautverschiebung aus einem früheren Verschlußlaut p entstanden war: *Pfeife* aus *pipe*. In diesen Wörtern also hatte es seinen angestammten oder eigentlich nicht angestammten, sondern neuen Platz gehabt oder bekommen: *Pfeffer*, *Löffel*, *schlafen*, *rufen*, *tief* etc.

Mit der Aussprache der v und f ist es aber bekanntlich – sagen wir einmal umgangssprachlich unscharf – »so eine Sache« ... Das wußten ja auch die Rechtschreibreformer. Wer weiß auch nicht, daß gerade jener große Komödiant, jener komische Vogel, der den Vornamen *Valentin* als Familiennamen getragen hat, ärgerlich geworden ist, wenn er als *Walentin* ausgesprochen wurde, und auf der Aussprache *Falentin* bestanden hat. Das sogenannte Vogel-v steht auch gern in Fremdwörtern wie dem aus dem Lateinischen kommenden *Vers,* von *vertere,* »wenden«. Im Vers wendet sich die Zeile, Verse sind gebrochene Zeilen. So stehen neben den *Versen* die *Fersen.* Die Deutschen sprechen bekanntlich die *Verse* als *Ferse* aus, während die Österreicher gern *Werse* sagen. Die einen sagen *Ferse*, die anderen *Werse*, niemand sagt *Verse*. Sozusagen.
Die Menschen sagen Verse auf. Sozusagen. Felix und Valentin vortragen Verse ... Und Achilles hatte seine prekäre Ferse, über die auch schon viele Verse geschmiedet wurden. Ich habe mich seinerzeit nicht an der griechischen Mythologie vergriffen, sondern Prosa über die Ferse der Ölgraberin geschrieben, die beim Schmied Johann Wimmer, der sein Leben lang keine Verse geschmiedet, sondern recht eigentlich und wirklich geschmiedet und Hacken und Heindl wie jenes der Ölgraberin geschliffen mehr als geschmiedet hat, ihr Werkzeug abgeholt hat, mit dem sie sich dann bei einem Sturz mit dem Rad an der Ferse ganz prosaisch verschnitten und verletzt hat. Meine Mutter hat übrigens nicht nur das v mit Hilfe des Wortes Vogel angesagt, sondern auch das f. Sie sprach also entweder von einem Vogel-vau oder einem Vogel-eff. Als hätte sie instinktiv geahnt, daß der Vogel in grauer Vorzeit einmal wirklich mit f geschrieben wurde. Wirklich geahnt, denn gewußt kann sie es eigentlich nicht haben. Wer hätte es ihr

im ersten Jahrzehnt des 20. Jahrhunderts in der Volksschule Krenglbach auch sagen und »beibringen« sollen. Gerade eben, in meinem 60. Jahr, ist zur Freude vieler, vor allem der sogenannten Grünen, vor allem auch des sogenannten eben gegründeten »Wald- und Wiesenvereins Pichl e.V.«, auch »Verschönerungsverein« genannt, der Eisvogel an den Innbach zurückgekehrt. Die Meinungen über die Größe der Population des wiederaufgetauchten und nun wieder in seiner charakteristischen Weise ins Wasser eintauchenden Eisvogels gehen noch auseinander. Einige sprechen von einem einzigen Pärchen, andere doch von mehreren. Und überall fragt man sich erstaunt, wie es kommt, daß er jahrelang als in diesen Breiten ausgestorben oder durch verschiedene Umwelteinflüsse als vertrieben galt und nun plötzlich sozusagen heimlich, still und leise wiedererstanden ist. Hat er einen mehrjährigen Winterschlaf gemacht? Oder ist er, der eigentlich kein Zugvogel ist, doch verzogen gewesen und nun wieder eingezogen? Was hat die Gattung inzwischen mit- oder gar durchgemacht? Hat sich etwas Grundlegendes in ihm oder in der Umwelt geändert, daß er es nun wieder hierzulande aushalten kann? Was hat ihm einen Wandel indiziert und angezeigt? Und da die ökologische Situation nicht besser geworden ist, es gibt weit und breit keinen einzigen ökologischen Landwirt und ausschließlich die sogenannte moderne Landwirtschaft des Kunstdüngers und der Agrarchemie, muß man sich ja besorgt fragen, ob er durch irgendeine Mutation womöglich den Verstand verloren hat. Hat der Eisvogel einen Vogel, weil er in unsere ungesunde Gegend zurückgekommen ist? Oder war er die ganze Zeit über hier, hat sich aber noch mehr als früher »zurückgehalten« und »zurückgenommen«, wie es heute wohl heißt? Handelte es sich jetzt um eine außerordentliche und ungewöhnliche Abwesenheit oder nur um eine natürliche? Wurde er etwa bloß zufällig so lange nicht gesehen, weil er von niemandem vermißt wurde? Schließlich schreibt ja schon Plinius über ihn: *Halcyonem videre rarissimum est.* (Äußerst selten bekommt man einen Eisvogel zu Gesicht.) Er macht sich rar. Und bei Plinius heißt es auch: *Fetificant bruma*, was zu übersetzen ist: »Sie hecken zur Zeit der Wintersonnenwende.« So jedenfalls steht es in meiner Übersetzung. Das Wörterbuch schreibt unter *fetificare*, es heiße »hecken, laichen, brüten«. Und es komme von *fetus,* was eine Kurzform von *fecundus*, »fruchtbar«, sei, womit wieder unser Wort *Fötus* zusammenhängt. *Bruma, brumae,* femininum, aber ist eine zusammengezogene Form von *brevis,* eigentlich dem Superlativ *brevissima.* Man muß also *nox*, »die Nacht«, ergänzen: *nox brevissima.* So kommt man zur Wintersonnenwende, der Zeit des scheinbaren Stillstandes der Sonne im Sternzeichen des Steinbocks. Im übertragenen Sinn heißt *bruma* ganz einfach auch »Winter, Winterszeit, Winterfrost und Winterkälte«. *Bruma* ist dann auch gerade die Zeit der erwähnten *alcedonia*, die Plinius die *dies halcyonides* nennt, also die »Eisvogeltage«, die »hohe Zeit des brütenden Eisenkeils«. *Hecken* steht also in allen Übersetzungen für das lateinische *fetificare.* Welch archaisches Wort. Die Vögel *hecken.* Heute kennt man dieses Wort eigentlich nur mehr in der sekundären, übertragenen und uneigentlichen Bedeutung des *Aushecken*s. Jemand *heckt* etwas *aus* heißt soviel wie: Er denkt sich heimlich etwas, eine Bosheit oder Hinterlist aus, sinnt auf Schlimmes, plant insgeheim etwas Niederträchtiges. In *Niedertracht* steht das *nieder* auch für die *Niederkunft* und das *Niederkommen,* und *Tracht* hängt seinerseits mit *tragen* in der Bedeutung von *schwanger, trächtig sein* zusammen, auch wenn das Herkunftswörterbuch des Duden davon nichts weiß. Die *Niedertracht* ist gerade jenes Böse, von dem der Idealist Friedrich Schiller sagt, daß es dazu verflucht sei, fortzeugend Böses zu gebären. Das Böses-Aushecken und Niederträchtiges-Ausbrüten ist nun eine besondere Art der Stillbeschäftigung. Es ist, als sollte bei diesem *Aushecken* die Herkunft des Worts von *hacken* wahrgemacht, das heißt verifiziert werden. So gesehen ist es, sprachpolitisch betrachtet, ein Glück, daß die Rechtschreibreformer, die ja nun wirklich manchen Unfug ausgeheckt haben, sich nicht auch dieses Wort »vorgenommen« und nach dem Muster von *behände* und *Gämse* die Wortwurzel ausgegraben und entsprechend dem Prinzip der Wortstammverwandtschaft auf *aushäcken* »korrigiert« haben ...

Jahrzehntelang also sahen wir keinen Eisvogel mehr, nun ist er plötzlich wieder da, aufgetaucht wie der Phönix aus der Asche. Sich zu verstecken, sich zu verbergen, liegt von Natur aus in seinem Wesen. Und er ist schlau. Schlauheit ist nun freilich eine menschliche Kategorie, die die Verhaltensforscher als einen Anthropomorphismus im Zusammenhang mit Tieren nicht gelten lassen. Nicht der Vogel ist schlau, die Natur ist es und hat es gut und weise mit ihm gemeint. Die Schlauheit, die sogenannte Schlauheit liegt im Instinkt, der Instinkt, dieses besondere Feeling für Termine und Gefahren, für Chancen und Risiken, ist die Konstitution und Institution gewordene Schlauheit oder eher Weisheit. Was aber liegt dahinter, und was liegt hinter dem Dahinterliegenden? Vordergründig notwendig ist der Instinkt wohl zum Überleben, um an Beute zu kommen und nicht selbst zur Beute zu werden. Denn wir dürfen uns keine Illusionen machen, was den »gnadenlosen« Kampf aller gegen alle betrifft. Die Tiere überluchsen sich gegenseitig. Natürlich hat jedes Tier Feinde, natürli-

che Feinde und »künstliche« oder »außernatürliche«, temporäre oder zufällige. Freunde sind auch im Tierreich eher selten. Den meisten Tieren ist wie dem Eisvogel die Menschenfurcht selbstverständlich, der Mensch ist schließlich der natürliche, sozusagen der natürlichste Feind aller anderen Kreaturen. Und besonders schlimm treibt es der Mensch mit den domestizierten Tieren, den sogenannten Freunden des Menschen, den Pferden etwa, er nützt die Nutztiere, er nützt sie aus, benützt sie nach Strich und Faden, um sie schließlich doch im Stich zu lassen und abzustechen ... Vor allem wirft der Mensch die Tiere in den Fleischwolf. Und nachdem sich der Mensch, der geborene Tierfeind und Todfeind der Tiere, der natürliche Feind aller Tiere, unnatürlich und unendlich vermehrt, wird es den Tieren in Zukunft schlecht und noch schlechter gehen. So verabschiedet sich auch eine Art nach der anderen, täglich, nicht bloß Individuen, sondern Arten, was einen *generellen* Unterschied macht. Aus der Sicht der Tiere handelt es sich bei der menschlichen Gattung um das gefährlichste Ungeziefer. Und die Menschenfurcht der Tiere ist mehr als begründet. Mißtrauen ist angebracht.
Ist das, was man die Menschenfurcht der Tiere nennt, vielleicht der sogenannten Gottesfurcht der Menschen vergleichbar? Schon als Kind hat mich der Ausdruck »Gottesfurcht« beschäftigt, und er tut es noch immer. Warum nur um Gottes willen heißt es Gottesfurcht? Das habe ich schon einmal am Kollegium Petrinum nicht nur mich, sondern auch einen Spiritual gefragt. Mir wurde gesagt, man dürfe diese Furcht nur ja nicht mit Angst verwechseln, es stehe eher für Scheu. Die Gottesfurcht sei eher eine Ehrfurcht und ein großer und ernster Respekt vor dem Höchsten. Aber natürlich war ich, ein von Haus aus, das heißt vom Bauernhaus und meiner niedrigen Herkunft

aus ängstliches und von manchen, auch kirchlichen Obrigkeiten geknechtetes und in meinem übersensiblen Gewissen gepeinigtes Kind, das sich sozusagen genuin ängstigen wollte und einen Hang zur Furcht aufgrund verschiedener traumatischer Erlebnisse hatte, mit dieser Antwort nicht zufriedenzustellen gewesen. Ich hielt Furcht schon für angebracht, vor allem auch, weil dieser Höchste mit seinen Kreaturen oft unendlich hart und auch mit den Menschen oft unmenschlich umging. Kaum geholfen hat mir auch die philologische Auskunft, daß es sich bei *Gottes* in *Gottesfurcht* um einen sogenannten Genitivus objektivus handelt, was bedeutet, daß nicht Gott sich fürchtet, sondern daß er gefürchtet wird. Immerhin also, rein sprachlich gesehen, doch gefürchtet wird ... Nun kann sich der Mensch Gott schwer ausdenken und ausmalen, und man soll sich von ihm bekanntlich auch kein Bild machen. Der gemalte Gott ist immer ein Götze, ja eigentlich ein Mensch. Nicht einmal Michelangelo ist über dieses Bild hinausgelangt. Der Mensch stellt sich Gott als einen übergroßen Menschen vor, und es ist schwer, von dieser Vorstellung loszukommen, wie es auch schwer ist, die liebgewordene Illusion vom »lieben Gott« aufzugeben. Und kein einziges Verbum, das in unseren Wörterbüchern steht, eignet sich als Prädikat in einem Satz, in dem Gott das Subjekt bildet. Gott ißt nicht und singt nicht und schläft nicht und wacht nicht, er tut nichts, und er tut nicht nichts. Am weitesten kommt man vielleicht mit dem Verbum substantivum *sein:* Er ist. Aber das alles ist natürlich ein wenig abstrakt und läßt einen nicht gerade jubeln und Choräle singen. Das Vaterunser heißt bekanntlich das Herrengebet, dies hat uns also erst Christus beigebracht. Durch ihn und mit ihm singen wir. Gott ist die Liebe. Am Schluß heißt es aber auch von ihm, was mich immer ergreift, daß er im Jammer klagt: Mein Gott, mein Gott, warum hast du mich verlassen. Es bleibt bei der Furcht, der fürchterlichen Angst. Ich weiß nicht, was es bedeuten soll, daß ich neuerdings – es hängt vielleicht mit jenem Geburtstag und der Ehrenbürgerschaft zusammen – öfter vorausdenke, wie es wohl in meinem Fall sein wird. »Wenn es soweit ist«, wie der Titel des letzten Buches von Josef Winkler heißt. Als Ehrenbürger, wenn auch nur einer kleinen Gemeinde, muß man wohl auch würdig, entsprechend der Ehrenbürgerwürde eben, abtreten ... Es wäre eine Schande, am Schluß noch die Nerven zu verlieren. Jemand, der trotz dauernder Klagen, etwa über den Zeitgeist, letztendlich doch mit der Welt als Schöpfung einverstanden gewesen ist, ja mehr noch, der manchmal Gott im Munde geführt hat, muß sich auch wirklich letzten Endes entsprechend verhalten und ein untadeliges Benehmen an den Tag oder die Nacht legen. Er sollte etwa seinen Kindern mit gutem Beispiel vorangehen. Meine Söhne sollen sich an mir ein Beispiel nehmen können. Und es wäre kein »Bild für die Götter«, wenn der laute und auch im Ruf einer gewissen Lauterkeit stehende Mensch am Schluß kleinlaut wird und kein Wort mehr herausbringt, er, der so viele Wörter herausgebracht hat ... Mit der Artikulation mag es schlußendlich nicht mehr weit her sein. Doch muß man deswegen nicht gleich »auf dem letzten Loch pfeifen«. Der Humorist sollte nicht seinen Humor verlieren und seine gesamte positive und versöhnliche Literatur am Schluß dementieren und Lügen strafen. Auch wenn er gehen muß, soll er sich nicht gehen lassen. Der Lehrerdichter, der so gern etymologisiert und doziert hat, soll es halten wie jener französische Philologe, der auf dem Sterbebett seine ihn pflegende Haushälterin belehrt hat: »Je mourirai«, hat er gesagt. Er könne aber auch sagen: »Je vais mourir«, hat er gesagt. Und dann hat er seiner Perle die feinen Unterschiede zwischen der einen und der anderen Ausdrucksmöglichkeit erklärt. Und über dieser Lektion in Grammatik ist der Grammatiker gestorben. Gib jedem seinen eigenen Tod, hat Rainer Maria Rilke gebeten oder auch gebetet. Er wird mit seiner Leukämie aber auch nicht einverstanden gewesen sein, denke ich. Immer hat es vordem geheißen: So stirbt ein König! Oder: So stirbt ein Christ. Sicher und unausweichlich gilt, daß alle alles zurücklassen werden und müssen. Es ist rührend, wenn den Hochdekorierten heute bei Begräbnissen auf einem roten Kissen die Auszeichnungen, Orden und Medaillen nachgetragen werden. Als könnte der Tote »drüben« damit noch Eindruck machen oder irgend etwas anfangen. Man kann sie in den Orkus schmeißen. Ich bin mir auch ganz sicher, daß mich kein Herold erwarten wird, der vor dem riesigen Heer der Toten – »Ihr Menschen der Erde, des Himmels, der Meere, wir Toten, wir Toten sind größere Heere…« – eine Fanfare bläst und meine Titel und Auszeichnungen hinausposaunt, so wie hohe Herrschaften bei Festbanketten oder hocharistokratischen Ballveranstaltungen, an der Tür zu großen Festsälen vom Empfangspersonal begrüßt werden: Seine Durchlaucht… oder: Der hochwürdigste Herr… usw. Ich bin mir also sicher, daß ich nicht als: »Der Ehrenbürger der Gemeinde Pichl bei Wels…« ausgerufen werde und daß sich niemand von seinem Platz erheben wird, so wie sich meine lieben Pichler mindestens symbolisch, wenn auch nicht physisch erhoben haben, als ich wegen eines Schneesturms am 5. Dezember 1998 verspätet die Turnhalle der Hauptschule betreten habe, um die Ehrenbürgerwürde in Empfang zu nehmen. Alles Vergängliche ist nur ein Gleichnis. Und das gute Vergängliche, also jenes, dem man mit Goethe zurufen möchte: Verweile doch, du bist so schön – ist es ein Gleichnis für Unvergängliches, Himmlisches, Göttliches? Gleicht der Himmel jenem gestirnten Himmel über Kant, der ihn, wie das moralische Gesetz in ihm, staunen machte und ihm Bewunderung abverlangte?

Vieles von jenem, was Theologen und unter ihrer Anleitung Maler über diesen »Gegenstand« geboten haben, ist in der Tat sehr unbefriedigend, und ich kann jenen Kollegen, der neulich in einem Interview gesagt hat, der Himmel langweile ihn, durchaus verstehen. Auch ich fände es nicht erstrebenswert, etwa in Albrecht Dürers Allerheiligenbild im Kunsthistorischen Museum in Wien in die Schar der Seligen und Heiligen eingereiht zu werden, diese steife Versammlung von geordneten Reihen, ganz entsprechend der mittelalterlichen Ständeordnung. Jeder an seinem Platz, der Klerus hervorragend und der Adel herausragend plaziert und die einfachen Handwerker- und Bauernheiligen unter ferner liefen oder ferner schliefen ... Logenplätze mit hervorragender Sicht auf den Gnadenstuhl und mindere Ränge mit miserabler Optik und Akustik. Was hat Dürer sich nur dabei gedacht? Was werden die zum Gruppenbild angetretenen Herrschaften nur gemacht haben, nachdem sie Modell gestanden waren ... Haben sie sich zerstreut, haben sie ihre Roben und Ornate in die Kleiderkammern, ihre Rüstungen zur Aufbewahrung in die Rüstkammern gebracht, die Damen den Schmuck in die Schatullen, die Kelche und Patenen in den Tabernakel. Und es ist nicht verwunderlich, daß bei einer so direkten und groben Visualisierung und Lokalisierung des Himmels ein maliziöser Mensch unfromm fragt, wohin denn diese vielen, vor allem alten Männer und Frauen ausgetreten sind, wenn sie austreten mußten. Dürer, das kommt davon! Vom Himmel als dem ganz anderen, unvorstellbaren Zustand reden und malen heißt auf alles Reden und Ausmalen verzichten. Auch der Ausdruck »Paradies« trifft ja nicht. Einen Lustort kann sich der Mensch vorstellen, das »irdische Paradies«. Jetzt müssen wir uns nur noch per analogiam über das Reale in das Transzendente hinaufschwingen. Schade, daß bei diesem »Aufschwung«, diesem Klimmzug der Abstraktion das Gefühl meist nicht mitmacht und den Menschen kalt und leer zurückläßt. Eine Ahnung vom Gelingen dieser »Exaltation«, dieses himmelstürmenden Aufschwungs bekommt man, wenn man lange genug auf die großen Deckengemälde in barocken Kirchen blickt und sich gehenläßt. Tiepolo und Troger, Altomonte und Maulbertsch heißen für mich die Piloten und Fluglotsen dieser Reise aus dem Frust in die Lust, aus der Beschränkung in die Grenzenlosigkeit. Weil sie die Decken und Plafonds aufreißen und durchbrechen oder durchsichtig machen, und es soll keiner kommen und von bloßer Illusion oder Illusionsmalerei sprechen. Es ist nicht nur die sogenannte optische Täuschung, die einen in den Himmel schauen läßt. Nein, auf diesen Bildern geht es höher, *altius*, die Exaltation und Elevation führen über das Firmament hinaus, überschreiten den Horizont, sprengen die Perspektive.

Heute erscheinen die Entgrenzungen der barocken Freskomalerei und der Deckengemälde natürlich harmlos angesichts der Möglichkeiten jener Kunst, die die traditionelle Kunst abgelöst und überholt hat, nämlich der Filmkunst. Der Film ist freilich mit ganz anderen Themen beschäftigt. Er scheint weitgehend darauf fixiert zu sein, die Hölle statt des Himmels auszumalen. Wie strengt man sich an, die »Desastres de la guerra«, um einen Radierzyklus von Francisco Goya zu zitieren, die Schrecken des Krieges also, des Terrors und des Horrors, den Horror des

Horrors also ins Bild zu bringen. Hier liegen die Prioritäten der Cineasten, und man kann gar nicht sagen, daß diese »Schwerpunktsetzung« ohne Berechtigung sei. Sie hat etwas für sich, manche meinen gar die Realität. So geht es zu? Im Fernsehkrimi ist die Kriminalität offensichtlich zu einem Dauerthema der Unterhaltung geworden, und es ist rührend, in welchen Milieus man die Krimis neuerdings ansiedelt, weil die klassischen »Schauplätze« und »Tatorte« anscheinend doch schön langsam langweilig werden. Auch dort, wo man es nicht vermutet, ereignet sich Unerhörtes ...

Ein wiederkehrender Programmpunkt ist freilich neben dem Krimi auch die Sendungsreihe »Universum«. Und in eben dieser Sendungsreihe kam jüngst mein Eisvogel an die Reihe. Es herrscht auch auf dem Gebiet der Wissenschaft und der Wissensvermittlung im Medium Fernsehen das Prinzip der Abwechslung. Und so wie nach dem Straßenstrich und dem Sandlermilieu im Krimi nun etwa auch ein Altersheim oder ein Internat ins Bild gesetzt werden, so sind auch in den Universum-Sendungen die großen, spektakulären Tiere schon alle abgehandelt, die Saurier und die Elefanten, das Nilpferd und der Wal, die Giraffe und das Nashorn. Und auch der Adler und der Falke, Amsel, Drossel, Fink und Star. So ist man auf den Eisvogel und den Wiedehopf gekommen. Und dabei ist man wahrlich nicht auf den Hund gekommen. Eisvogel bitte vor den Vorhang! Zeige dich, du herrlich schimmernder Eisenkeil. Und er zeigte sich wirklich und von seiner besten Seite, von der Zucker- oder Butterseite. Wie in diesen Sendungen üblich, rückte ihm die Kamera ganz nahe auf die Haut oder die Federn. Man zeigt in den heutigen Tierfilmen bekanntlich keine Scheu, auch die scheuesten Lebewesen bei ihren intimsten Verrichtungen vorzuführen. So wird der Fernseher zum Nahseher und der fernsehende Mensch zum Voyeur, auch zum Lustspecht, zum Schlafzimmerspechtler, zum Nestler. Und so sieht er wohl auch Handlungen, die ihn nichts angehen. Und damit ist nicht bloß das sogenannte Paarungsverhalten gemeint. Freilich tun die Tiere nichts, wofür sie sich schämen müßten, weil sie nur das tun, was sie müssen, sie machen auch keine perversen Extratouren oder Fleißaufgaben. Und wenn sich die Tiere ans Leder zu gehen trachten, handeln sie auch nach Auftrag. Die Katze, die mit der Maus, der todgeweihten, noch ihr Spiel treibt, ist keine Sadistin, was man vom Schöpfer des Comics »Tom und Jerry« vielleicht nicht sagen kann. Die Tiere sind, wie uns Konrad Lorenz in seinem Buch über das sogenannte Böse belehrt hat, eben nicht böse, nicht einmal boshaft. Und Herrn Pechlaner, den Direktor des Schönbrunner Zoos, habe ich einmal sagen gehört, die Tiere hätten auch keine Religion. Sicher fehlt den Tieren manches, was die Menschen haben, es fehlen den Tieren aber auch die menschlichen Fehler. So essen sie bekanntlich nur so viel, wie sie brauchen und bis sie satt sind, und wenn sie den Winterspeck ansetzen, dann kommt wirklich der Winter, darauf kann man sich verlassen. Sie kennen die Jahreszeiten und »respektieren« sie. Wenn die Tiere aber eins von ihnen, etwa einen Rudelführer, einen Leithammel oder Platzhirschen besonders herausheben und achten, dann hat dies ebenfalls einen praktischen Sinn und dient dem Überleben. Kadavergehorsam findet nicht statt. Und nur weil sie alt sind, werden die Alten nicht verehrt. Ehrenbürger werden bei ihnen nicht ernannt. Das würde den Affen nicht im Traum einfallen ... Das *zoon politikon* ist schon ein besonderes *zoon*, manchmal auch ein besonders widersprüchliches.

Ein ganz besonderer Widerspruch im menschlichen Verhalten liegt in der großen Kluft zwischen härtester und schonungslosester Tiervergewaltigung und Ausnützung einerseits und überzogener und übertriebener Tierliebe andererseits. Man gewinnt freilich den Eindruck, daß auch die sogenannte liebevolle Hinwendung und Beschäftigung mit den Tieren den Tieren letztendlich mehr schadet als nützt. Noch besser wäre es, die Tiere in Ruhe zu lassen, sie nicht zu hätscheln und sie nicht ständig zu filmen, wo sie gehen und stehen, laufen und springen. Jedenfalls wird die Menschheit, wenn sie so weitermacht und weiterfilmt, am Schluß in ihren Archiven herrliche Aufnahmen von vielen ausgestorbenen Tieren haben. Das Zelluloid oder die Magnetbänder oder die noch besseren Datenträger werden dann alles gespeichert haben, was es einmal gegeben hat. Die Tiere wird es aber nicht mehr geben, vielleicht einige wenige noch im Zoo, die sich aber zunehmend der Fortpflanzung verweigern werden, wie ja heute schon ein großes Geschrei um gewisse Zoogeburten von Tieren selten gewordener Arten und Gattungen gemacht wird, am Schluß wird aber auch der Zoo virtuell werden. Und das ausgestorbene Tier wird schließlich noch wenigstens optisch dokumentiert und in Bild- und Tonarchiven archiviert sein, aber man wird die Tiere nicht mehr *in natura*, weder in freier Wildbahn noch im Zoo, höchstens ausgestopft im Naturhistorischen Museum sehen und »bewundern« können. Ja man kann, ein wenig überspitzt vielleicht, aber um der allgemeinen Abstumpfung entgegenzutreten, muß man ja überspitzen, durchaus behaupten, daß selbst die gutgemeinten Aktionen des Menschen zugunsten der Tiere letztlich zu deren Ungunsten ausfallen. Es wäre für die Tiere besser, wenn sich die Menschen nicht so sehr für sie interessieren würden. Denn dort, wo der

Mensch ein Auge auf ein Tier wirft, wirft er bald auch ein Netz aus, und bald schießt er auch, vielleicht nicht gleich mit dem Schieß-, aber mit dem Betäubungsgewehr. Dann wird dem bewußtlos geschossenen Tier ein Peilsender um den Hals gehängt oder gleich implantiert wie ein Herzschrittmacher, und das Tier kann in Hinkunft keinen unbeobachteten Schritt mehr tun, denn wo das Tier hingeht, da muß auch der Peilsender hingehen. Auch die Universumsendungengestalter stellen den Tieren nach, sie stellen nichts nach, sie stellen nur den Tieren nach und filmen sie *live*, beim Laufen und Hüpfen, Hoppeln und Springen, Lieben und Töten. Die Tiere aber werden dezimiert, auch wenn die Quoten des Fernsehens steigen. Dabei werden die Tiere und die Natur immer raffinierter überlistet. Der Redakteur der Television ist schlauer und verschlagener als Reineke Fuchs, listiger als der Ameisenbär, auch fleißiger als die Biene. Der Kameramann gräbt seine Kamera ein, so daß nur ihr Okular herausschaut und sieht, was bisher ganz unsichtbar und ungesehen war. Und auch ein Mikrophon wird vergraben und liefert wirklich unerhörte, nie dagewesene oder vielmehr wohl immer dagewesene, aber noch nie konservierte Laute. Mit einem Recorder oder Tonbandgerät Tierstimmen einfangen ist dabei zu einem eigenen Hobby von Tierfreunden, wenn nicht schon ein Beruf geworden. So hört man die Vögel zwitschern und schnattern und gurren und piepsen und kreischen und wispern. Hören kann der Mensch die Tiere, die Vögel etwa, verstehen tut er sie nicht. Die Tierlaute sagen ihm nichts, die Tiere wollen ihm vielleicht gar nichts sagen.

Die Töne, die die Vögel hervorbringen, haben übrigens bereits die antiken Autoren protokolliert oder aufzuschreiben versucht. So schreibt etwa Aristoteles über einen Vogel, der gerade in unserer Zeit wieder ins Gespräch oder

ins Gerede gekommen ist, den Wendehals nämlich: »Seine Stimme ist quäkend«, und Oppianos aus Apameia am Orontes, ein um das Jahr 200 nach Christus über Tiere, den Fischfang und die Jagd schreibender Autor, wird in dem Kapitel »De aucupio« (»Über die Vogelstellerei«) noch genauer und schreibt: »Weiber, die sich mit Hexenkünsten beschäftigen, haben eine besondere Vorliebe für den Wendehals ...« Nachtrag: »Seine Stimme klingt wie gä, gä, gä, gä, gä!, als wenn er jemandem zuriefe: hek, hek, hek, hek.« Demnach war es kein Wunder, daß zur Hexerei, bei der lauter abenteuerliche Dinge ihre Rolle spielten, auch der Wendehals dienen mußte. Wie man aus Theokrits zweiter Idylle sieht, hat man wohl vorzugsweise, weil er den Hals so schön dreht und wendet und »hek, hek« schreit, das Zutrauen zu ihm gehabt, als könnte er auch den abspenstig gewordenen Sinn wieder wenden. In jener Idylle wird oftmals der Vers wiederholt: »Wendehals, wende mir zu/Den, der von mir sich gewendet.«
Eine außerordentliche Bewandtnis hat es mit der Stimme des Eisvogels selbst. Darüber nun steht beim erwähnten Oppianos im Buch über die Vogeljagd: »Kein Mensch kann einen Vogel nennen, der lieblicher sänge als ein Eisvogel; auch ist keiner den Meeresgöttern lieber. Deswegen sorgen sie auch dafür, daß sich das Meer, während er nistet, ganz ruhig verhält. Die Vorliebe der Götter für den Eisvogel gründet sich darauf, daß dieser durch Verwandlung der Alcyone entstanden ist, welche ihren durch Schiffbruch verunglückten Gemahl übermäßig betrauerte... Sie sind traurigen Sinnes und rufen, wenn sie zu singen aufhören, mehrmals: ceyr, ceyr! Übrigens möchte ich weder mir noch einem anderen Menschen wünschen, daß er die Stimme der Eisvögel hörte, denn sie deutet auf Kummer, Unheil und Tod. Deswegen hat auch

Jupiter dafür gesorgt, daß der Eisvogel nachts nach Nahrung fliegt, und zwar an den ödesten Stellen, damit er dem Menschen nicht lästig wird.«

Der Eisenkeil, der besondere Liebling der Götter! Seinetwegen also haben die Himmlischen für jene himmlische Ruhe um den 21. Dezember auf der Erde gesorgt, das Meer beruhigt und die Winterstürme im Berg verwahrt. Für den Eisvogel, nicht den *Homo sapiens*, der sich so weise vorkommt. Olympisch gesehen liegt die Zuständigkeit oder, lateinisch gesprochen, *Kompetenz* für jene heilige Stille, dieses *silentium religiosum*, da es sich um die Meeresstille handelt, bei Poseidon, da aber die Meeresstille immer und vor allem eine Windstille ist, bei Äolus, der die Stürme verwaltet, zähmt oder losläßt. Und hier schließt sich der mythologische Kreis. Denn Äolus ist bekanntlich auch der Vater Alcyones, die in den Eisvogel verwandelt wird, zusammen mit ihrem bei einem Seesturm umgekommenen und innigst betrauerten Gatten Ceyx, dem seinerseits von den Toten auferweckten und in das Eisvogelmännchen verwandelten. Äolus handelt somit wie ein liebender Vater, nachdem er es unterlassen hatte, als liebender Schwiegervater zu handeln ... Als Ceyx seiner Gattin Alcyone eröffnet, daß er eine Seefahrt antreten will, um das Orakel zu befragen, ist Alcyone tief besorgt und versucht auch, ihn entweder von seinem Plan abzubringen oder sie auf die gefährliche Seefahrt mitzunehmen, damit sie »notfalls« mit ihm umkomme und nicht allein in der Welt als Witwe zurückbleiben müsse. Und sie schildert im 11. Buch der Metamorphosen des Ovid lebhaft die lebhaften Winde, bewegt die heftig bewegten Lüfte. Sie weiß, wovon sie spricht. Sie hat sie als kleines Mädchen, als *parva*, wie es heißt, im Vaterhaus, *domo paterna*, aus der Nähe gesehen und erlebt, und sie weiß aus intimster

Kenntnis um ihre Wirkung. Sie nennt sie *timendos*, furchtbar oder fürchterlich, eigentlich gerundivisch: zu fürchtende, wie wir im Lateinunterricht uns mit einer deutschen Hilfskonstruktion dem Gerundiv zu nähern versuchten. Man muß die Winde, wie es in einem Kirchenlied von Gott heißt, »von Herzen fürchten«, sich sozusagen innig ängstigen. Sturmflutangst, Orkanfurcht, Hurricanhorror. Man kann das 11. Buch der Metamorphosen, die Sturmwarnungen Alcyones und den tatsächlichen Seesturm und den nassen Tod Ceyx' lesend, gar nicht umhin, an die Katastrophenstürme Amerikas, die Hurricans zwischen dem Golf von Mexiko und der Karibik heutzutage zu denken. Und auch daran, wie die Amerikaner mit dem Schrecken zu Rande zu kommen versuchen, indem sie den einzelnen Hurricans sympathische Namen geben. Früher gaben sie ihnen wohl vor allem Frauennamen, bis sich aber die Frauenverbände darüber, feministisch verständlich, aufregten und empörten, wenn auch besonnenere Kritiker und auch Kritikerinnen diese Aufregung eher als einen Sturm im Wasserglas bezeichneten. Die von Mary oder Gloria wirklich heimgesuchten und verwüsteten Regionen hatten freilich andere Sorgen als nomenklatorische. Solche Schmerzen hätten sie gern gehabt ... Auf den Namen Alcyone, den Namen der Lieblingstochter des obersten und höchsten Wettergottes und Windmachers, sind die Amerikaner aber nicht gekommen. Vielleicht kennen sie ihn gar nicht, obwohl man sich da sehr täuschen kann. Jetzt sprechen sie vom Niño-Effekt, der nach dem Christkind benannt ist ...

Als ich den Ich-Erzähler meines Romans »Die Abtei«, Franz Einberger, etwas eher Abfälliges über die Amerikaner im Sinne von geschichtslosen und für das Altertum verständnislosen Menschen sagen ließ, bekam ich gerade aus Amerika deswegen einigen Tadel für meinen Protagonisten. Ich habe ihn für ihn eingesteckt und weggesteckt. Unter anderem, aber wahrlich nicht unter ferner liefen, *not last and not least* gewissermaßen, schrieb mir damals Gerhard Drekonja von einer Benediktineruniversität, daß es dort nicht nur ein größeres Stift mit zweihundert Mönchen gebe, sondern auch viel Verständnis – nicht nur für das Christentum, sondern auch für die Antike, und daß ich darum den Amerikanern mit meiner Ironie nicht gerecht würde, sondern, im Gegenteil, ihnen sehr unrecht täte. Und Professor Drekonja nannte mir auch Beweise für diese besondere Verehrung oder Wertschätzung der christlichen Tradition. Es gebe drüben sogar eine gar nicht kleine Stadt, die nach dem heiligen Franz von Assisi benannt sei, eine andere nach dem heiligen Aloisius von Mantua, von Christchurch und Corpus Christi ganz zu schweigen.

Ich wurde aber auch an antike Namen erinnert. Während die europäischen Ortsnamen eben alt, ja uralt sind und unter Umständen Jahrtausende zurückreichen, wenn sie sich auch in ihrer Form sehr weit vom Ursprung entfernt haben, haben sich die »jungen« Amerikaner sozusagen literarisch, jedenfalls ganz frei und spontan für alte, christliche oder antike Namen entschieden. Keiner hat die Amerikaner gezwungen, eine Stadt Phenix zu nennen, also nach jenem Vogel zu benennen, von dem auch die ungebildeten Europäer heute nicht viel mehr wissen, als daß er der Asche entsteigt. Wer Phönix sagt, muß auch Asche sagen. Das ist eine dominierende Assoziation, und über diese dominierende Assoziation reicht dann die Kenntnis auch schon nicht hinaus. Vielleicht weiß der durchschnittliche Amerikaner über den merkwürdigen Vogel sogar mehr, sicher aber wissen die Einwohner von Phenix über den Phönix mehr als die Einwohner der niederösterreichischen Landeshauptstadt über den heiligen Pölten. Das sage jetzt einmal ich, belehrt von einem, der es nun wirklich weiß, weil er ein halbes Leben in der Neuen Welt verbracht hat. Jene amerikanische Stadt, die sich nach dem Wundervogel Phönix benannt hat, der alle tausend Jahre zur Erde zurückkehrt und sich nach einer Selbstverbrennung erneuert, hat sich gewissermaßen doch auch einen christlichen Namen gegeben, weil der Sonnenvogel später im sogenannten Physiologus als Symbol für Christus, den Auferstandenen, genommen wurde. Phenix also gleich Christtown. Herodot berichtet über den Phönix, daß er in Heliopolis verehrt werde. Das ergibt sich ja schon aus dem Namen. Der Sonnenvogel gehört zur Sonnen- oder Lichtstadt. Und Herodot berichtet außerdem, daß Phönix regelmäßig alle fünfhundert Jahre in »seine« Stadt kommt und ein riesiges Ei mitbringt, in dem die sterblichen Überreste seines Vaters eingeschlossen sind. Dieses Ei, diesen Eisarg, hinterlegt oder bestattet er im Sonnentempel von Heliopolis. Welch grandioses Bild für die Versöhnung der Widersprüche und für Grenzüberschreitungen ist doch dieses Totenei, wo doch im Ei, dem Kraftei, die Wiege und der Keim des Lebens gesehen wird! Im Ei ist das Leben aufgebahrt und aufbewahrt. Im Tod ist Leben. Und Herodot schreibt weiter, daß er den Phönix, einen Vogel, von der Größe und Spannweite der Flügel vergleichbar mit dem Adler, aber mit rotem und goldenem Gefieder, selbst gesehen hat … Im »Kleinen Pauly«, dem Lexikon der Antike in fünf Bänden, steht, daß es sich bei dem merkwürdigen Vogel, den Herodot gesehen zu haben behauptet, um den reiherähnlichen ägyptischen Sonnenvogel *bnw* gehandelt haben mag, der zur Verkörperung des Ra und der Osiris geworden ist. Die Verwendung des Vogels als Selbstverbrenner und Wiedererstehender, als Ewigkeits-

symbol sei aber nicht ägyptisch, sondern spätere Erfindung. *Bnw*, welch ein Name für einen Vogel! Die Ägypter mögen diesen vokallosen merkwürdigen Namen aus drei Konsonanten vom Ruf des Vogels abgeschaut und nachgebildet haben. Jetzt müssen wir den *bnw* nur noch auf Altägyptisch, entweder in Keil- oder Hieroglyphenschrift niederschreiben, dann können wir vor seinem Geheimnis auch schon niederknien. Schließlich heißt *Hieroglyphen* ja »heilige Zeichen« ... Vokallose Wörter, solch seltsame Konsonantenschwärme, wirken im Deutschen immer fremd und geheimnisvoll, wenngleich sie in anderen indoeuropäischen, also mit dem Deutschen verwandten, etwa slawischen Sprachen, aber auch in alten keltischen Sprachen durchaus vorkommen. So kommt es mir immer vor, als sei die Insel *Krk* auch nach einem Vogel und dieser seltene Vogel nach seinem merkwürdigen Schrei benannt worden, einem krähenähnlichen Vogel etwa, der dort nisten und hecken mag ...
Amerika scheint mir die abfälligen Bemerkungen des Inspektors Einberger im Roman »Die Abtei« verziehen zu haben, weil gerade dieser Roman 1988 auf englisch in Amerika herausgekommen ist: »The Abbey«. In einem Sonderheft der oberösterreichischen Literaturzeitschrift »Die Rampe«, das anläßlich meines 60. Geburtstages erschienen ist und mir bei der erwähnten Ehrenbürgerfeier am 5. Dezember, dem Beginn der *dies halcyonae*, vom Landeshauptmann Oberösterreichs, Josef Pühringer, überreicht wurde, steht auch ein Beitrag von Evelyn Firchow über die besonderen Schwierigkeiten beim Übersetzen meiner Bücher ins Englische. Sie, die zusammen mit ihrem Mann Peter Firchow, dem Anglisten, »Die Abtei« eben ins Englische übersetzt hat, muß es wissen und weiß es. Es war übrigens eine der nicht wenigen Überraschun-

gen jener Geburtstagsfeier, daß Evelyn Firchow im Turnsaal der Pichler Hauptschule, am Schauplatz der Ehrenbürgerfeier, anwesend war ...

Alcyone hat auch ihren Mann Ceyx gewarnt, er solle sich nur nicht so sicher fühlen, was die Stürme betrifft, weil er sich womöglich denkt, was kann mir schon passieren auf der Passage zum Orakel, wenn Äolus mein »Schwäher« ist, wie es in den alten Übersetzungen für »Schwiegervater« heißt, und er, Ceyx, dieses Schwähers »Eidam«, das heißt Schwiegersohn, ist. »Daß dir nicht etwa den Sinn ein trügend Vertrauen verführe, weil deinen Schwäher du nennst den Gott, der im Zwinger die wilden Winde verwahrt und, wenn's ihm gefällt, die Fluten besänftigt.« Ganz nach dem Motto: Der (Schwieger-)Papa wird es schon richten. Daß du dich, Mann, einmal nur nicht täuschst. Es gibt kaum einen rührenderen Abschied zwischen Geliebten oder Vermählten in der Literatur als den, den Ovid zwischen Alcyone und Ceyx beschreibt.

Nachdem Ceyx auf dem Meer umgekommen ist, beschließt die Göttin Juno, in deren Tempel Alcyone ahnungslos für ihren vermeintlich noch lebenden Mann betet, der Gattin seinen Tod anzuzeigen. Sie tut es, indem sie die Botin Iris zu Gott Somnus zu gehen bittet, diesen wiederum zu bitten, daß er von seinen vielen Helfern und Söhnen Morpheus zu Alcyone sende, damit er ihr im Traum die bittere Nachricht nahebringe. Morpheus wird als besonders begabt bezeichnet, jeden Menschen nach Gestalt, Gestik und Tonfall nachzuahmen: »Es drückt so geschickt wie dieser kein anderer Mienen aus und Gang, den Ton der Stimme. Die Tracht auch gibt er dazu und die Wendungen, die im Gespräch einem jeden zu eigen.« Für das Nachmachen von Vögeln und überhaupt der nichtmenschlichen Lebewesen wäre der Somnus-Filius Icelos,

was griechisch »der Gleiche« bedeutet, zuständig, für die unbelebte Natur der Dritte im Bunde der Simulatoren Phantasus oder Phantasos, griechisch gesprochen.
»Morpheus fliegt – kein Rauschen erweckt der Schlag seiner Flügel – hin durch die finstere Nacht und erreicht in der Spanne von kurzer Frist die thessalische Stadt, entfernt vom Leibe die Flügel, nimmt die Gestalt des Ceyx an und tritt nun in dieser, leichenfahl, einem Toten gleich, ohne alle Bekleidung, hin vor der Gattin Bett, der beklagenswerten …« Und Alcyone stöhnt und weint noch im Schlafe so sehr, daß sie selbst darüber erwacht. Nun ist Ceyx' Tod traurige Gewißheit. Die junge Witwe schlägt sich an die Brust, nachdem sie sich die Kleider vom Leib gerissen hat, und rauft sich die Haare. Sie trauert unendlich und haltlos, aber doch zugleich nach den Bräuchen der Zeit und den vorgesehenen Gesten und Riten. Sie will allein nicht weiterleben und kündigt ihren Tod an: »Wehe, dahin, dahin ist Alcyone, wehe, mit ihrem Ceyx starb sie zugleich … Es müßte grausamer sein mein Sinn als die See selbst, wollte das Leben ich weiter fristen, mich mühn, einen solchen Schmerz zu verwinden.« Nach der Sprache der Trauer ist nach rhetorischem Brauch die Rede von der Sprachlosigkeit der Trauer und dem erschütterten Verstummen der Trauernden: »Weiter mit Worten zu klagen, verbot ihr der Schmerz, einem jeden folgte ein Schlag, und Seufzen entquoll dem geschlagenen Herzen.« So verfährt ein klassischer Autor bei der Gestaltung des *plangor*, der Totenklage. Das Wissenschaftswort *plangor* kommt in Ovids Text vor. Der wissenschaftliche Leser ist freilich ein armer Tropf und ein verkümmerter und vertrockneter Analytiker, wenn ihm etwa sein poetologisches Interesse und sein fachliches Wissen jeden spontanen Zugang zur und Umgang mit der Literatur verbauen und unmöglich

machen. Wie gut hat es da der sogenannte naive Leser, dem bei der Lektüre die Tränen kommen, die Tränen der Trauer, wenn er diese Passage im 11. Buch der Metamorphosen liest, oder auch die Tränen der Freude, wenn er das Ende der Geschichte von Ceyx und Alcyone liest. Der Literaturwissenschaftler ruft immer: Motiv! oder: Leitmotiv! Wie ein Papagei! Gewonnen ist damit aber wenig, um nicht zu sagen nichts. Glücklicher ist wieder der naive Leser, den ein rührendes Motiv wirklich rührt und bewegt. Schließlich kommt *Motiv* von *movere,* was »bewegen, erschüttern« heißt. Andererseits kann sich von Ovid letztlich nur der rühren und erschüttern lassen, der der Muttersprache des Autors, also des Lateins kundig ist, der Philologe wohl. An dieser Stelle brauchen wir blutigen Laien den Zünftigen doch, damit er uns den Ur- und Originaltext übersetzt. Lachen und weinen müssen wir aber selbst, das nimmt uns kein Fachmann ab. Schließlich finden die Trauer und die Erschütterung auch bei einem noch so perfekt organisierten, sozusagen erstklassigen Staatsbegräbnis ihren Ausdruck. Und man merkt auch wohl, ob jemand aus innerem Antrieb weint. Wie man auch erkennen kann, wenn jemand in lustiger Runde mit seinem Lachen immer auf die Mitfeiernden wartet, weil er sich beim Erkennen der Witze und der Pointen nicht sicher ist. Viele gehen wieder zum Lachen in den Keller. Manche jammern zuviel und gehen damit anderen auf die Nerven.

Alcyone, die zum Meer und zu jener Stelle am Ufer geht, wo sie Ceyx verabschiedet hat, sieht plötzlich einen Toten dem Strand zutreiben, den sie schließlich als den Gatten erkennt. Sie will ihm auf einem Deich oder Damm entgegeneilen. Da geschieht es!: »Dorthin springt sie und schwebt – durch ein Wunder vermag sie's – im Fluge; teilend die flüchtige Luft mit den eben entsprossenen Federn, streift sie der Wellen Kamm, ein erbarmenswürdiger Vogel. Und im Fliegen läßt aus dem schmalen Schnabel sie hören, klingend wie Trauerruf, einen Ton voll Jammer und Klage. Als sie aber den stummen, erkalteten Körper erreicht hat, breitet sie klammernd aus die Flügel auf seinen geliebten Gliedern und sucht ihn – umsonst – mit dem harten Schnabel zu küssen. Ob es Ceyx gefühlt, ob er nur durch der Wellen Bewegung schien zu heben das Haupt – das Volk stand zweifelnd. Doch Ceyx HAT es gefühlt, und der Götter Erbarmen verwandelte endlich beide in Vögel. Es blieb ... ihr Lieben bestehen, und es löste das Bündnis der Ehe auch bei den Vögeln sich nicht.«

Der Eisvogel, der treue, monogame, monogyne Vogel. Ist es nicht wirklich rührend, daß auch die antike Zoologie und Naturwissenschaft diese Behauptung der Poesie und Mythologie geglaubt hat? Damals war die Dichtung noch eine Institution, der Autor war noch eine Autorität ... Heute ist das natürlich gründlich anders. Vielleicht hören die Politiker manchmal auf die Dichter. Jedenfalls sind die Literaten gerngesehene Wahlhelfer. Ob die Politiker freilich die Bücher der Schriftsteller lesen, ist eine andere Frage. Bei den Naturwissenschaftlern genießt die sogenannte schöngeistige Literatur sicher wenig Renommee. Die Zeiten sind vorbei, wo die Ärzte und die Physiker und die Botaniker und die Zoologen bei Aristoteles nachgesehen und nachgelesen haben, wenn sie vor einem Problem standen. Ja, nicht einmal die Bibel ist ihnen noch Richtschnur, jedenfalls nicht, wenn es um die Fragen des geozentrischen oder heliozentrischen Weltbildes geht. Der Respekt vor meiner eigenen naturwissenschaftlichen Kompetenz ist mir sehr bewußt. Als ich den Meinen vor einigen Wochen ankündigte, daß ich mich an ein Buch über den Eisvogel machen wolle, erntete ich damit hä-

misches Gelächter. »Du als Ornithologe!«, spottete der Nachwuchs. Und ich wurde nicht zum ersten Mal daran erinnert, daß ich einmal zum ungefähr vierjährigen Markus sagte, als wir beim Gartenbauern vorbeifuhren: »Schau Markus, Schwäne!« Es handelte sich aber, wie meine Frau, die Lehrerin, korrigierend anmerkte, um Gänse. Man sieht halt auch als älterer Mensch nicht mehr so scharf wie ein Falke. Die Verwandtschaft zwischen Schwan, Gans und Ente ist aber doch evident. Manchmal kann das blinde Huhn halt das Korn nicht finden.
Im Altertum hält sich hingegen Plutarch ganz an die Mythologie, wenn er schreibt: »Die Eisvögel leben immer paarweis zusammen, lieben sich aufs zärtlichste, und wird das Männchen alt und schwach, so wird es von seinem Weibchen unermüdlich gefüttert und getragen und nie allein und im Stich gelassen.« Das ideale Bild einer vollkommenen Partnerschaft, wie sie unter den Menschen wohl kaum (mehr) vorkommt. Und Plutarch sagt dies auch nicht ohne Absicht und Nebenabsicht in Hinsicht auf den untreuen Menschen, der sich am Eisvogel ein Beispiel nehmen soll. Freilich hat die Eisvogel-Einehe aus heutiger Sicht auch ihre Bedenklichkeiten. So erscheint es bezeichnend, daß Plutarch nur das alt und schwach gewordene Männchen nennt, das im Alter vom (jüngeren?) Weibchen betreut und gepflegt wird, was mit dem alt gewordenen, verwitweten Weibchen geschieht, ist kein Thema. Es herrscht also ganz offensichtlich auch in dieser idealen Verbindung eine Art Patriarchat. Die Eisenkeilin als Krankenpflegerin ihres angejahrten und ergrauten Männchens, das am Schluß nicht nur gefüttert, sondern auch getragen werden muß. Verlernt der Eisenkeil das Fliegen, verliert er die Fähigkeit und Kompetenz des für seine Gattung charakteristischen Sturzfliegens und Ein-

tauchens ins Wasser. Und gibt es nicht auch etwas langsamere und leichter zu erwischende Insekten als die Wasserflöhe, die auch ein älterer Herr noch schnappen kann? Oder ist er auch ein wenig faul und bequem und läßt sich bedienen?
Oder gilt der Eisenkeil bloß als treu, weil er scheu ist? Wer sich wie er jahrelang am Innbach nicht blicken läßt, kann natürlich auch nicht *in flagranti* ertappt werden. Wer unsichtbar lebt, hat natürlich auch kein Vorleben. Ist aber scheu gleich treu? Oder sind die stillen Wasser nicht doch tief? Wie oft sind schon äußerlich ganz beruhigt und besonnen scheinende Menschen plötzlich »ausgerastet« und haben etwas gänzlich Unerwartetes angestellt. Natürlich hat alles, sogar das Abweichende, seine Grenzen. Der Eisvogel kann nicht mit einem Falken Sodomie treiben. Aber bleibt der Unsichtbare deswegen auch schon immer bei seiner Angetrauten? Wo er doch auch keinen Ring trägt und kein Standesamt und keinen Priester oder Trauzeugen bemüht hat. Schließlich hat den Eisvogel ja auch nur der Dompfaff getraut ...
Die Universum-Sendung entwarf nun auch ein ganz anderes Bild vom Eisenkeil als die alte mythologische Ornithologie. Das Fernsehen rückte ihm nahe. Und wer aus der Nähe angeschaut wird, schaut natürlich anders aus, als man ursprünglich gemeint hat, daß er ausschauen würde. Wird man mit Zoom und in Zeitlupe gefilmt und von grellen Jupiterlampen angestrahlt und »ausgeleuchtet«, so hat immer auch die Stunde der Wahrheit geschlagen. Da kann man sich nicht mehr verstecken und geheimnisvoll geben, auch wenn man Eisenkeil heißt. Und die Reporter dieses Mediums konzentrieren sich auch nicht auf die Butterseite. Ja sie legen es darauf an, von der Schauseite abzusehen und auch die Schattenseite, ja die Kehrseite und die

Hinteransicht dar- und herauszustellen. Hätten Fernsehleute auch nur einmal Wolfgang Amadeus Mozart besucht, interviewt und gefilmt, dann wüßten wir heute auch, wie der große Meister auf jener Seite ausgesehen hat, wo er das durch eine Kinderkrankheit entstellte, verunstaltete und verkrüppelte Ohr hatte. Diese Seite haben die Maler und Porträtisten entweder gemieden oder aber »vervollständigt« und beschönigt, weil nicht sein konnte, was nicht sein durfte. Und so gewinnen wir von mancher Größe der Vergangenheit aufgrund der »zuvorkommenden« Porträts den Eindruck, es handle sich auch physisch um einen Adonis, wo es sich vielleicht gar nicht um einen »jungen Gott«, sondern eher um einen Faun, einen Gnom oder Molch gehandelt haben mag, einen Satyr mehr als einen Genius. Unseren heutigen Jupiterlampen hätte vermutlich nicht einmal »Olympier« Goethe standgehalten. Denn der Maler Tischbein hat sich bestimmt auch in Goethes Fall sehr angestrengt und »das Schicksal korrigiert«, als er ihn so elegant im Rasen der Campagna hingelagert dargestellt hatte.
In der Nacht sind alle Katzen grau ... Bei Lichte besehen sieht man erst, wie bunt, aber auch wie fleckig die Welt ist. Und *sub specie aeternitatis*, also im Angesicht der Ewigkeit, erkennt man erst die Nichtigkeit, Flüchtigkeit und »Eitelkeit« der Welt. Ach wie flüchtig, ach wie nichtig ...
Die erwähnte Jupiterlampe verdankt ihren Namen also der höchsten Gottheit der Römer, dem Verwandler des Ceyx und der Alcyone, jenem Gott, der dem griechischen Zeus entspricht. Jupiter war den Römern so heilig, daß sie seinen Namen ausschließlich im Nominativ, also dem ersten Fall, kannten. Jupiter, aber keinesfalls Jupiteri, Jupitero, Jupiterum ... Jupiter eignet sich darum, syntaktisch

gesehen, nur als Subjekt, als Satzgegenstand, wie es in der deutschen grammatischen Terminologie ein wenig unpassend heißt. Bei Jupiter ist also immer und auf jeden Fall das Gesetz des Handelns, er ist die genuine »Ausgangsgröße«, wie das Subjekt in einer anderen Terminologie im Gegensatz zur »Zuwendgröße«, dem Objekt des Satzes heißt. Die Römer haben freilich erkennen müssen, daß sie ohne die anderen Fälle nicht auskommen, und so haben sie zwar Jupiter für sich im ersten Fall stehen lassen, aber von einem anderen Wortstamm einen Genitiv *Iovis*, einen Dativ *Iovi* und einen Akkusativ *Iovem* geprägt. Jetzt war die Bahn frei für das bekannte Sprichwort: Quod licet Iovi, non licet bovi. Was Jupiter freisteht, ist nicht auch dem Ochsen erlaubt. Ein respektloses Sprichwort, das wegen des Gleichklangs von *Iovi* und *bovi* Scherz mit dem Höchsten und mit der erniedrigten und kastrierten Kreatur treibt.

Da Jupiter oder *Jupiter tonans* für die Blitze und die Gewitter zuständig ist, ist man auf den Namen »Jupiterlampe« gekommen. Im Wörterbruch steht »Jupiterlampe« mit einem eingekreisten R versehen, was »Marken- oder Produktname« bedeutet. Die Jupiterlampe ist ein Erzeugnis der Berliner Firma JUPITERLICHT, die ein Patent auf die Jupiterlampe besitzt. Die Geschäftswelt hat sich im übrigen nicht nur den Namen des höchsten Gottes angeeignet, sondern auch alle übrigen Götter-, Heroen- und Giganten-, Musen- und Geniennamen okkupiert. Das Branchenverzeichnis liest sich wie ein Inventar des Olymp, wie eine Litanei von Götternamen, das beginnt mit Jupiter und Merkur und ist bei Venus und den Aphrodisiaka noch lange nicht zu Ende. Die Mythologie ist ein weites Feld ... Phönix hatten wir schon. Ganz Europa ist mythogen. Die Antike hat gewissermaßen auch bereits wie die Sendungsreihe UNIVERSUM mit Jupiterlampen in das Leben, auch in das Geschlechtsleben der Götter und Göttinnen hineingeleuchtet, und es sind alles andere als strahlende Taten herausgekommen. Jupiter selbst hat sich bis zum Geflügel verstiegen, um sich Leda zu nähern. Was Morpheus, Phantasus und Icelos, die Söhne des Gottes Somnus, des Herrn des Schlafes und der absoluten Ruhe, der immerwährenden halcyonischen Tage, können, das konnte Jupiter schon lange, sozusagen von Ewigkeit zu Ewigkeit. Den Icelos nennen die Sterblichen, wie die Menschen so treffend heißen, Phobetor, also eigentlich Angstmacher. Er ist also so etwas wie ein kleiner Pan, dem wir den panischen Schrecken verdanken.

Die Fernsehleute haben nun mit ihrer Jupiterlampe, aber auch mit Spezialkameras, die mit sogenanntem Restlicht auskommen, also ebenso nachts eingesetzt werden können, auch den Eisvogel überlistet und überführt und ihm seinen Nimbus genommen. Seine Treue hat einen Fleck bekommen. Er ist treu vor allem aus Mangel an Gelegenheit. Wenige wie sie sind, picken diese lieben Vögel naturgemäß immer lieb beisammen. Es fehlen die großen Versuchungen. Taucht aber einmal ein neuer Eisvogel auf, so kann es durchaus sein, daß sich der andere vergißt und einen Abstecher und einen Seitensprung begeht. Des Eisvogels Keuschheit ist also letztlich nur anscheinend, um nicht zu sagen scheinbar. An dieser Stelle muß man sich schon sehr zurückhalten, um nicht wie die alte Verhaltensforschung vom Tier auf den Menschen zu schließen. Wie viele »Tugendhafte« wurden nicht schon von einem auf Intimitäten versessenen Schlüssellochjournalismus als Heuchler entlarvt. Der Eisenkeil hat freilich nie geheuchelt oder jemanden zu täuschen versucht. Die Menschen wurden von ihm nie getäuscht, sie haben nur sich getäuscht.

Vielleicht weil sie sich täuschen wollten. Sie haben sich wie so oft Illusionen gemacht. Die Tiere lügen bekanntlich nicht, wenn sie auch listig sind. Die Menschen lügen, daß sich die Balken biegen. Und dieses Lügen ist nicht auf die niedrigen Schichten oder das sogenannte »einfache Volk« beschränkt, ja hier ist es vielleicht sogar weniger der Fall als in den oberen Etagen. Gelogen wird selbst im Capitol, auch dort werden Meineide geschworen und wird die Justiz behindert. Gerade jüngst sind ja einige dieser kapitalen Lügen aus dem Capitol ruchbar geworden. Man hätte freilich dem in Bedrängnis geratenen amerikanischen Präsidenten raten sollen, seine Verteidigungsstrategie auf der »Ars amatoria« des Publius Ovidius Naso aufzubauen. Aber offensichtlich haben die angeblich nicht nur bibelfesten, sondern auch antikemäßig versierten Amerikaner, jedenfalls die Berater und Anwälte des Präsidenten, das bekannte Gedicht Ovids nicht gekannt: In einem der Liebesgedichte Ovids heißt es sinngemäß, daß sich die Sexualität nicht als Parameter der Moralität eignet und daß derjenige, dem in Liebesdingen Unrecht geschehen ist, weil er etwa betrogen wurde, in den Göttern keine geeigneten Adressaten für seine Klagen oder auch Bittgebete findet.

Im ersten Buch stehen sehr frivole Sätze zu diesem Thema: »Sei im Versprechen nicht ängstlich. Versprechungen wirken auf Mädchen. Und rufe als Zeugen dafür beliebig die Götter an. JUPITER LACHT AUS DER HÖHE ÜBER DIE MEINEIDE DER LIEBENDEN UND LÄSST SIE BEDEUTUNGSLOS IM ÄOLISCHEN SÜDWIND VERWEHEN: Beim Styx pflegte Jupiter der Juno Meineide zu leisten. Da er selbst das Beispiel gegeben hat, ist er jetzt in diesem Punkt nachsichtig. Es ist nützlich, daß es Götter gibt, und da es nützlich ist, wollen wir auch daran glauben ...« In dieser Tonart geht es wei-

ter! Zwar bekräftigt Ovid im folgenden einige moralische Ansprüche: »Arglist sei fern, mordet nicht...« Auch Betrügen sei schlecht, nur eben in Liebesdingen normal und verzeihlich, ja mehr noch: »Betrügt, wenn ihr Verstand habt, nur die Mädchen ungestraft. Nur auf diesem Gebiet ist Redlichkeit eine größere Schande als der Betrug. Betrügt sie, die euch betrügen!«
Es wird also recht süffisant an die Affairen des Jupiter Optimus Maximus erinnert, der auf dem Kapitol, dem kleinsten der sieben Hügel Roms, aber dem wichtigsten, sein Heiligtum hat, wo freilich auch eine solche Kultstätte nicht nur für den Jupiter tonans, sondern eine andere auch für den Jupiter feretrius, den »Edelbeuteträger«, stand. Welche Beute Jupiter aber auch gemacht hat, ist bekannt. Und es ist der Name Feretrius als Beiwort auch auf Gott Amor übertragen worden. Capitol heißt nun auch das Parlamentsgebäude in Washington, wo gerade über die erotischen Verfehlungen oder »Verfehlungen«, darüber gehen eben die Meinungen auseinander, des sogenannten mächtigsten Menschen der Welt im Weißen Haus zu Gericht gesessen wurde, als wäre dieses Weiße Haus nicht schon früher und bei manchem Vorgänger des jetzt dort amtierenden Präsidenten ein nicht gerade schneeweißes Haus gewesen. Pessimisten nennen es manchmal ein Räubernest, andere nun eben auch ein Liebesnest. Und die Zeitungen sind voll von anzüglichen und ironischen, sarkastischen und satirischen Kommentaren. Es wird über den mächtigsten Mann der Welt gescherzt und gewitzelt wie im ausgehenden Altertum, als der alte Götterglaube verdunstete, über Jupiter, der nun gerade wegen seines Lebens- und Liebeswandels zum Gespött wurde und schließlich zur komischen Figur der Operette. Als wäre alles zusammen nur ein Jux, wo doch bei solchen Götterdämmerungen

Glaubens- und Vertrauenswelten einstürzen und Halt- und Orientierungslosigkeit, Schmerzen und Leiden für Generationen das bittere Fazit sind. *Facit*, »das macht« – das kommt heraus …

In der Nordostecke der Burg auf dem Kapitolinischen Hügel befand sich das sogenannte *Auguraculum*, der dem Jupiter geweihte, heilige Bezirk zur Beobachtung des Vogelflugs. Hier wurden die sogenannten *Auspizien* erforscht. Der hochgeachtete und dem Jupiter heilige Eisvogel stand für jene Experimente der Priesterschaft natürlich nicht zur Verfügung. Ja es wäre eine ganz außerordentliche Sensation gewesen, wenn einmal in jenem abgezirkelten Feld, über dem die Flugbahnen der passierenden Krähen, Raben oder Stadttauben studiert und interpretiert wurden, ob sie für anstehende Unternehmungen, vor allem Kriege, Gutes oder Schlechtes versprachen, plötzlich einmal ein seltener oder, wie die Lateiner sagten, »rarer« Vogel wie der Eisenkeil aufgetaucht wäre. Die Priester waren von Haus aus eher geneigt, das Außerordentliche als unheilverkündend und suspekt, also verdächtig auszulegen. Den Menschen heute erscheinen die Methoden der damaligen Priesterschaft bizarr. Wir haben natürlich ganz andere Möglichkeiten der Prognostik wie etwa den Kaffeesud, das Kaffeesudbefragen hat sich lange Zeit in der Neuzeit bei der Zukunftsdeutung bewährt. Und astrologisch stehen wir den Alten nicht nach. Wissen kann man es nicht, nur vermuten. Bekannt ist freilich und oft beschrieben, daß die Auguren eigentlich keine Zukunftsdeuter gewesen sind, sondern daß ihre Aufgabe »die Einholung göttlicher Zustimmung zu einer beabsichtigten Handlung« war. Für die erwünschten Zeichen, die *auguria impetrativa*, also die mit Nachdruck angestrebten Zustimmungen zu Plänen und beabsichtigten Handlungen, standen vor allem die Vögel bereit. Das war das Feld der *signa ex avibus*, der Zeichen der Vögel, wobei genaugenommen die *alites*, also die Flugvögel, eben durch ihren Flug, die oscines durch ihre Stimme »bezeichnend« sind, also Anzeichen liefern. *Oscenes* oder *oscines* heißen in der Augurensprache jene Weissagevögel, deren Gesang exegetisch oder hermeneutisch, auch heuristisch, letztlich also theologisch erforscht und gedeutet wurde. Das Wort setzt sich zusammen aus *ob* beziehungsweise *obs* und *canere*, »singen«. Es könnte der erste Teil des Wortes aber auch auf *os, oris,* neutrum, »Mund« zurückgehen, zu dem im »Kleinen Stowasser« »occ. Schnabel« angegeben ist, was soviel heißt wie: manchmal auch für den Schnabel verwendet. Dann ist der *oscen* das Tier, das mit dem Schnabel singt. Zu den entsprechenden Singvögeln mit dem vielsagenden Gesang rechnete man den Raben, die Krähe und die Eule. Die *oscenes* haben etymologisch nichts mit *obszön*, von lateinisch *obscenus* zu tun, das auf *obscaenare*, »Schmutz über etwas verbreiten«, von *caenum*, »Kot, Unflat« zurückgeht, wie ich dem »Etymologischen Wörterbuch des Deutschen« entnehme, während das »Herkunftswörterbuch« des DUDEN die Herkunft des Wortes *obszön* für »nicht eindeutig geklärt« erklärt oder nicht erklärt. Sicher ist jedenfalls, daß die *oscenes* damit nichts zu tun haben …

Wie man sieht, hatten die Lateiner für die fliegenden Tiere eine Fülle von Namen: *avis*, *ales, oscen*, *volucris*, um nur die wichtigsten zu nennen. *Avis*, der Vogel, und *ovis*, das Schaf … Immer wieder haben wir am Gymnasium die beiden Wörter verwechselt, es ist ja auch zu merkwürdig, daß der Vogel im Deutschen ein o in der Stammsilbe hat und das Schaf ein a, während es im Lateinischen gerade umgekehrt ist … Wer *avis* sagt, muß auch *ovis* sagen, wer aber *avis* sagt, muß vor allem auch *ovum* sagen, was bekanntlich »das Ei« heißt. Während aber *avis* und *ovis* nicht oder nur weitschichtig verwandt sind, sind *avis* und *ovum* ganz nahe verwandt, sprachlich und sachlich. *Ovum* ist von der *avis* abgeleitet, wie es in der Terminologie der Wortbildungslehre heißt, und das Ei ist ja nun wirklich und wahrlich DAS Produkt des Vogels. Vögel legen Eier, das Eierlegen definiert die Vögel und das Geflügel. Und was die Vögel mit den Eiern zustande bringen, ist nicht nur formal so vollkommen und einzigartig, daß man sich niederknien möchte angesichts dieser Schöpfung. Im Ei hat die Schöpfung wirklich das Ei des Columbus gefunden. Die Namen für die Vögel im Lateinischen deuten jedenfalls an, daß diese Tiere Eier legen können, andere, daß es sich um Flügelwesen handelt oder daß sie singen können. Großartig wie die Natur und vielfältig wie die Schöpfung ist auch die Sprache, ihre Erfindungsgabe und ihr Einfallsreichtum bei der Benennung der Welt, und es ist spannend zu beobachten, was die namengebenden Menschen angesichts eines Lebewesens für die dominierende Assoziation halten, die bei der Definition und Benennung vorkommen und eine Rolle spielen muß. Und wenn der Mensch einen Vogel nicht benennen, sondern »nachmachen« soll, etwa einen Adler, dann wird er vermutlich mit den Armen flügelschlagen oder tirilieren oder gurren oder »schlagen«, wenn es sich um eine Nachtigall handeln sollte. Wirklich fliegen kann der Mensch aber nicht, und so ist das Fliegenkönnen DER Menschheitstraum geblieben. Dädalus hat ihn dem Mythos nach verwirklicht, aber es hat ihm kein Glück gebracht, weil es seinen Sohn Ikarus, dem er Flügel gefertigt hat, mit denen er dann zu hoch Richtung Sonne geflogen ist, so daß das Wachs zwischen den Flügeln geschmolzen ist und die Flügel zerfallen sind, das Leben gekostet hat. Manchmal will die Jugend einfach zu hoch hinauf, oder wie es bei Nestroy heißt: »Die Jugend will halt stets mit Gewalt in allem glücklich sein, doch wird man nur ein bisserl alt, so findt man sich schon drein.« Ich bin nun sechzig und ein bisserl gar alt geworden, aber ganz habe ich mich noch nicht dareingefunden und mit allem abgefunden, was ich um mich sehe und sehen muß.

Ganz besonders schmerzt mich, den Erdenbürger und Ehrenbürger von Pichl bei Wels, daß ich um die Bauernhäuser, auf die ich von meinem Haus auf dem Weinberg aus blicke, keine Hühner, Enten und Gänse, also kein Leben mehr sehe, von den Gänsen der Gartenbäurin abgesehen, die ich ja bekanntlich einmal für Schwäne gehalten habe, was sie mir sicher verziehen haben. Doch ist mir eine der liebsten Erinnerungen, wenn ich zurückdenke und mich an meine Kindheit und Jugend erinnere, das lebendigste Leben: Herumspazieren, Schnattern, Gackern, Sandbaden, Aufpicken von Körnern oder Würmern, auch das Streiten der Hühner, wenn eine Henne einen besonderen Leckerbissen gefunden hat, den ihr die anderen neidisch abjagen und wegnehmen wollten. Ich höre noch, in der Erinnerung nämlich, das heißt, ich höre nicht mehr das Locken durch die Bäurinnen und Mägde, wenn sie den Hühnern mit der Hand aus einer Schüssel Getreide hingestreut haben: bibibibibi …

Wenn ich etwas aus dem Tal herauf höre, dann leider nicht das Hähnekrähen im Morgengrauen und das Herauskommen der Hühner aus den Ställen, sondern nur das Heulen eines Motorrads auf der Straße von Gallspach nach Kematen, die die »Biker« gern als Rennstrecke benützen. Ich muß nicht von der Landwirtschaft leben, und darum habe ich »leicht reden«, aber die moderne Tierhaltung, wie sie in den Hühnerfarmen, diesen endlos langen Batteriegefängnissen praktiziert wird, kann ich nur unendlich bedauerlich finden. Das sei der Preis für unsere Art zu leben und zu konsumieren, so heißt es, und das ist sicher richtig. Grundfalsch aber ist es, daß der Mensch die Tiere dafür »bezahlen« und büßen läßt. Ein Schweizer Tierarzt hat einmal gesagt, was die Hühner in ihren engen Gitterkäfigen auf dem Drahtgeflecht beim Eierlegen leisten oder vielmehr erleiden, entspräche, auf den Menschen übertragen, einem Gebären im Rinnstein ...

Ja wirklich, wie war es so herzerfrischend lebendig und munter um die Bauernhäuser. Und wenn man mit einem Fahrrad etwa durch eine Ortschaft gefahren ist, dann mußte man sich seinen Weg auch auf der Straße durch Hühner hindurch bahnen. Und sicher ist auch manchmal eine Henne von einem Auto überfahren worden. Das war zu verschmerzen. Was man sich aber mit der Batteriehaltung »eingehandelt« hat, ist schwer zu verschmerzen. Und die glücklichen Hühner haben sich nach eigenem Gusto Plätze und Nester im Heuboden oder in der Scheune gesucht, in die sie die Eier gelegt haben, auf warmes Stroh oder Heu gebettet. Eiernester suchen war ein Dauerauftrag für die Bauernkinder. Für das Finden von »verlegten« Eiern wurde man oft belohnt. Fand man ein Nest, randvoll mit bis zu fünfzehn Eiern, dann konnte es natürlich sein, daß die älteren der Eier zum Verzehr nicht mehr geeignet waren. Die konnten dann die Hühner selbst fressen ... Oft hat sich eine Henne ja dann auch selbständig gemacht und auf eigene Faust zu brüten begonnen, und nicht nur einmal kam es vor, daß plötzlich eine Henne mit einer kleinen Schar Kücken (wir sagten: »Wuserl«) im Gänsemarsch aus dem Stadel gestapft kam ... Es waren die Tiere damals eben noch weitgehend sich selbst und ihrem Instinkt überlassen, und sie taten nicht immer das, was die

Bauern und die Züchter wollten, sondern was die Natur im Sinn hatte.

Bevor sich der Mensch mit der neuen Tierhaltung als der ganz große und übermächtige Feind und Zerstörer des Hühnerglückes herausgemausert hat, hatte das Geflügel natürlich schon seine natürlichen Feinde. Wie hat die Hühner und die damaligen Bauern etwa ein plötzlich auftauchender, trügerisch leise seine Himmelsbahnen und Luftschleifen ziehender Bussard beunruhigt und geängstigt oder ein Eichelhäher! Wenn ein Eichelhäher mit seinem rauhen, rätschenden Schreckruf laut wurde, vor allem im Wald oder im waldnahen Gelände, dann war immer Gefahr im Anzug. Der Eichelhäher, den die Zoologie *Garrulus glandarius* nennt, womit sie ihm sehr unrecht tut, weil *garrulus* »der Schwätzer« bedeutet (*glandarius* kommt von *glandis*, »die Eichel«), dieser rötlich-braune Rabenvogel mit einem weißen, vom schwarzen Schwanz abstechenden Bürzel, weißem Flügelfleck, blauschwarz gebänderten Flügeldecken und hellblauen Augen und seiner kreischenden Stimme, war dabei nicht selbst ein gefährlicher Vogel oder Räuber, er zeigte vielmehr als eine Art Wächter Gefahren an. Er warnte vor Räubern und kam dadurch in den ungerechtfertigten Ruf, selbst einer zu sein, wie ja auch unter den Menschen einem Boten eine schlechte Botschaft übelgenommen wurde. Man hat den Boten sogar übel mitgespielt. Der Eichelhäher ist ganz im Gegenteil nicht nur ein friedlicher Kamerad, sondern auch ein sehr sozialer. Und er hat die unglaubliche Fähigkeit, andere Vogelstimmen und Geräusche täuschend ähnlich nachzuahmen. Er spricht also Fremdsprachen. Er ist der Tierstimmenimitator unter den Tieren. Und weil er das so gut kann, weil er etwa auch mit einem Huhn auf hühnerisch reden und es warnen kann, hat er sich suspekt gemacht. Das erinnert freilich noch einmal an die Menschenwelt. Peter Altenberg hat geschrieben, daß zum perfekten Erlernen einer Fremdsprache nicht der bloße Wille, Fleiß und Auslandsaufenthalte reichen, es muß der Mensch schon auch ein Schelm sein, wenn er den fremden Sound so imitieren will, daß er nicht mehr als Fremder erkannt wird. Und erinnern darf man auch an die Geschichte »Der Stimmenimitator« von Thomas Bernhard, wo einer, der alle Stimmen nachmachen kann, schließlich gefragt wird, ob er auch seine EIGENE Stimme nachmachen könne. Die Botschaft dieser Geschichte ist wohl, daß es eine Art »Altruismus« gibt, eine Beschäftigung und Aneignung mit und von Fremdem, die zum Ichverlust und zur Selbstaufgabe führt. Dann kann es eben sein, daß jemand wie der legendäre Kardinal Mezzofanti alle Sprachen spricht, aber in keiner etwas zu sagen hat ... Ich entschuldige mich beim Eichelhäher, daß mich sein stupendes Talent zu solchen Assoziationskapriolen und Anmerkungssturzflügen versteigen hat lassen. Denn der Eichelhäher meint es gut mit seinen Nachbarn, wenn er ihre Stimmen annimmt. Er will sie nicht verspotten oder schrecken, er will vor Schrecklichem, etwa dem Bussard oder dem Habicht, warnen. Danke.

Mit seiner aufsehenerregenden Fähigkeit der Imitation ist der Eichelhäher, der *garrulus*, wie ihn wie erwähnt die Zoologie nennt, eigentlich genau das, was die Lateiner mit dem Wort, der Gattungsbezeichnung *praepes* für »Vogel« zum Ausdruck bringen. *Praepes* bezeichnet den Vogel in der Augurensprache und bedeutet »Vorhersager, Prophet«. Genaugenommen heißt das Wort »vorausfliegend, schnell, glücksbringend«. Der (auch die) *Praepes Iovis* ist der Adler, der *Praepes Medusaeus* ist der Pegasus. Der Eichelhäher ahmt nicht einen anderen Vogel aus Spottlust oder aus irgendeinem anderen »mimetischen« Ehrgeiz nach, sondern um sich mit dem Nachgeahmten über eine Gefahr zu verständigen. Der Eichelhäher spricht darum mit dem Mitvogel in dessen eigener Sprache. Das nennt man sozial oder auf deutsch »gesellig«. Damit kann sich der Eichelhäher auch mit jenem Vogel messen, der auf das Nachahmen abonniert ist, nämlich dem Papagei. Sozial gesehen übertrifft der Eichelhäher den Papagei, den mechanischen Nachplapperer des Menschen, der ihn vielleicht rein technisch und was die Stimme des einen Imitanden, des Menschen eben betrifft, übertrifft. Der Papagei ist so gesehen ein Spezialist, der Häher eher der Generalist. Ganz allein ist der Papagei mit seinem besonderen Talent aber auch nicht, ich erinnere mich an einen Schulfreund, der einen Vogel besaß, den wir in unserer bairisch-österreichischen Mundart *Daa* nannten, zweisilbig *Da-a*, der es auch »brachte«, wie heute ein Jugendlicher sagen würde. Der Da-a des Freundes hatte auch den Ton drauf, wie die heutigen Jungspechte sagen und sich ausdrücken würden. Verglichen mit dem, was der Eichelhäher leistet, ist das, was der Papagei tut, eher ein Witz. Und so geschieht dem Papagei vielleicht gar nicht Unrecht, wenn er in vielen Witzen auch tatsächlich vorkommt, ja zum Stichwortgeber einer ganzen Textsorte von Witzen geworden ist, weil er ein einstudiertes Wort zur unpassenden Zeit verlautbart, womit er seinen Trainer vor anderen Menschen blamiert, oder weil er Mitgehörtes transportiert, das ihn nichts angeht, oder in einer anderen drolligen Art aus seiner Rolle fällt. Es fällt aber wieder auf den Menschen zurück, wenn der Papagei diesem zur negativen Symbolfigur für unselbständige, autoritätsgläubige, angepaßte Individuen der Species *Homo sapiens* geworden ist. Der Papagei ist so wenig blöd, wie der Pfau stolz ist, der Papagei ist absolut naiv, also von Geburt auf so, wie er sein muß, und der Pfau ist auch naiv und schlicht und einfach schön. Betrachtet die Vögel des Himmels. Sie sind schön wie die Lilien des Feldes ... Und Salomo in seiner Pracht hat einen Vogel, wenn er glaubt, er könne sich mit ihnen messen. Nicht einmal mit einem Finken oder Spatzen, geschweige denn mit dem König der Lüfte.

König Salomo durfte sich vor allem nicht mit der *Alcedo atthis*, dem Eisvogel, vergleichen. Auch wenn, wie nun wohl erwiesen und im Universum kolportiert, der Eisenkeil ein Heimlicher ist und nicht ganz so treu, wie man Jahrtausende angenommen hat, so hat er es doch nie so getrieben wie König Salomo, wenn wir der Bibel trauen dürfen. Wem aber sollen wir dann Glauben schenken, wenn nicht der Heiligen Schrift ... Vielleicht sind die Zahlen, was Salomos Liebschaften betrifft, ein wenig übertrieben, aber ganz aus der Luft gegriffen können sie nicht sein. Salomos große Leistung bestand bekanntlich darin, daß er das Erbe seines Vaters David, das große Reich, friedlich und klug erhielt und vermehrte. »Methodisch« bewerkstelligte er dies durch seine Heiratspolitik, indem er sich mit den Töchtern der Herrscher der Umgebung verband und sich so die Väter dieser schönen Töchter verpflichtete. Die Habsburger mit ihrer bekannten Heiratspolitik (Andere mögen Kriege führen, du, glückliches Österreich, heirate!) könnten sich an Salomo ein Beispiel genommen haben, wenn sie auch entsprechend der im Judentum und dann im Christentum verschärften und radikalisierten Ehemoral an der Einehe, der unauflöslichen, festgehalten haben oder festzuhalten versucht oder vorgegeben haben. Die Kaiser und Könige haben sich freilich diesbezüglich wohl immer unter einem anderen Gesetz stehend oder vielmehr unter keinem Gesetz stehend verstanden, wenn wir nur etwa an den durchaus frommen, wenn vielleicht auch nicht gerade heiligen Kaiser Karl den Großen und seine sogenannten Friedelehen denken. Der Harem hat auch im Christentum seine Rolle gespielt. Heute heißt es freilich nicht nur von unseren Königen, Präsidenten und Kanzlern, sie seien in zweiter, in dritter oder vierter Ehe verheiratet mit ... Dabei geht es rein gesetzlich um Sukzession und nicht um Simultaneität, also Kumulierung. Das Geschlechtsleben der Potentaten hat aber wohl immer neben der vertikalen auch eine horizontale Dimension. Der Präsident jedenfalls kann uns hierin kein Vorbild mehr sein, wir müssen uns wohl wieder an den Eisenkeil halten und die Vorbilder nicht im realen Leben, sondern in der Mythologie suchen. In einer ausnahmsweise eher seriösen Darstellung der entsprechenden Turbulenzen in der Königsfamilie des Vereinigten Königreiches hieß es, daß es ein Akt der Solidarisierung des adeligen Herrscherhauses mit den bürgerlichen Untertanen gewesen sei, also ein sozusagen demokratisches Entgegenkommen, daß sich die Royals in der Zeit der Königin Viktoria unter das rigorose, im ursprünglichen Wortsinn puritanische Gesetz der ehelichen Treue begeben hätten, von dem sie von Haus aus, vom Herrscherhaus aus sozusagen, ursprünglich entbunden waren. Ein König hatte Mätressen, ja ein König hatte früher Mätressen zu haben. Er mußte oder sollte sich an Salomo ein Beispiel nehmen. Damals also hat die Hocharistokratie auf ein Privileg und Vorrecht verzichtet und sich gemein gemacht. Wie sich aber bis in die Gegenwart und in dieser ganz besonders zeigt, waren und sind die Fürsten diesem bürgerlichen Prinzip nicht ganz gewachsen ... Freilich sind die Herrschenden hierin neuerdings mit den Beherrschten auch wieder ähnlich oder gleich gewor-

den, weil sich die sogenannten ehelichen Bande überall gelockert haben.
Selbst die Ehen der Bauern, die am längsten, eisern wie der Eisvogel, an der Etymologie von Ehe als »ewiges Gesetz« festgehalten haben, haben an Haltbarkeit verloren und sind neuerdings wie die Produkte der Abhofvermarktung mit begrenzten Ablaufdaten versehen. Ich erinnere mich noch an eine Zeit, als es in meiner Heimatgemeinde keinen einzigen Geschiedenen oder Wiederverheirateten gegeben hat. Als dann einer von diesem Unglück betroffen wurde, um es passiv auszudrücken, hatte der Betreffende, der Ärmste, nicht wenig zu leiden und wurde vielen zum Außenseiter, in einer atavistischen, heute nicht mehr nachvollziehbaren Weise. Man hatte den guten alten, jesuitischen Grundsatz vergessen, nach dem man hart gegen den Irrtum, aber nachsichtig gegen die »Irrenden« sein soll. Oder wie Martial sagte: *Parcere personis, dicere de vitiis.* Es ist freilich ein moralisches Dilemma, wie man heute etwa als Bischof am alten Grundsatz der Unauflöslichkeit der Ehe einerseits festhalten und andererseits jene, die daran aus welchen Gründen immer nicht festhalten (wollen), nicht zurückweisen soll, ein Dilemma, um das ich keinen Theologen beneide. Oder auch, wie man glaubwürdig am Schutz der Ungeborenen festhalten kann ohne die geringste Sanktion gegen »Zuwiderhandelnde« …
Am scheuen Eisenkeil und seinem keuschen »Ruf« – ich meine Ruf hier als Leumund und Nachrede, nicht als Vogelruf – kann man jedenfalls auch für den Menschen entnehmen, daß sich nur die zurückhaltenden oder die »zurückgehaltenen«, das heißt an einem Auftreten und Erscheinen in der Öffentlichkeit gehinderten, die unbekannten und unberühmten, den Ruf der Rechtschaffenheit erhalten können. Diejenigen, die im sogenannten Rampen-

licht stehen, werden sehr schnell entzaubert. Die sogenannten Paparazzi, das sind jene schrägen Vögel, die der Göttin Fama dienen, zerren alles an die Öffentlichkeit, machen alles offenbar, was früher im Verborgenen lag und blieb. Die Paparazzi zeigen die Reichen und Schönen und Berühmten am liebsten nackt und entblößt. Darin liegt ein Trost für die sogenannten gewöhnlich Sterblichen, weil sie sehen, daß sich alle Menschen, wenn die Hüllen gefallen sind, irgendwie gleichen. Die Nahaufnahme bringt Zellulitis und Tränensäcke an den Tag, es ist zum Weinen oder zum Lachen. Und so wurde auch mancher, der im Rufe stand, ein Eisenkeil zu sein, als Lustspecht entlarvt. Und mancher, der sich selbst als Heiliger empfohlen hat, wurde als mindestens seltsamer Heiliger, wenn nicht als Scheinheiliger entlarvt. Wieder war es der Schein der Jupiterlampe, der die ernüchternde Wahrheit ans Licht brachte.

Man kann als kleiner und unscheinbarer Mensch wie ich nicht einmal die Ehrenbürgerwürde einer kleinen Gemeinde in der tiefen Provinz annehmen, ohne sich dabei seltsam vorzukommen. Denn einige Mitmenschen kennen einen genauer und von Kindheit an und erinnern sich an Lausbubengeschichten und auch gröberen Unfug ... Ja, ist denn dieser nicht des Zimmermanns Sohn? ... Und es gibt ja wohl auch manch berühmt gewordenen Menschen – ich rechne mich als lokale und regionale »Größe« absolut nicht dazu –, der jenen alten Bekannten ihre alte Kenntnis von den Anfängen übelnimmt und mit der eigenen Vergangenheit nichts mehr zu tun haben und nicht mehr daran erinnert werden will. Ein wenig rechne ich Thomas Bernhard zu diesen: Als mir vor vielleicht zwanzig Jahren der Kärntner Publizist Reinhard Kacianka erzählte, daß er ein Buch über den sogenannten Tonhof in Kärnten herausgeben werde, das Haus von Gerhard und Maja Lampersberg und ihre berühmten oder später berühmt gewordenen Gäste, Schriftsteller, Musiker, Maler, und daß sich sogar Thomas Bernhard, der Berühmteste unter ihnen, bereit erklärt habe, eigene Texte darüber zu schreiben und alte zur Verfügung zu stellen, war ich, nach den erwähnten eigenen Erfahrungen, weil mich Bernhard schon um das Jahr 1973 für die Anthologie »Daheim ist daheim« nicht »beliefert« hatte, eher skeptisch, wollte aber dem enthusiastischen Herausgeber seine Hoffnung nicht nehmen. Abwarten! Leider kam es dann, wie es kommen mußte. Das heißt, es kam nicht zu der geplanten großen Schrift über den Tonhof. Es kam aber kurz darauf zu »Holzfällen«, jenem Buch, in dem nun Bernhard auf seine Weise und zu seinen eigenen Bedingungen die »Maria Saaler«-Erinnerungen aufgearbeitet hat, zum Mißfallen der alten Kärntner Bekannten und Freunde. Er wollte ganz offensichtlich mit jenen Weggefährten nichts mehr zu tun haben, die ihn am Anfang erlebt hatten, als er sicher schon zu Hoffnungen berechtigte, sie aber noch nicht eingelöst hatte. So sind einige Weggefährten am Weg und auf der Strecke geblieben, und es hat sich nicht zu allen »Zeugenfreunden« die Freundschaft gehalten. In einigen Fällen hat sie offensichtlich in Ablehnung, wenn nicht Haß umgeschlagen.

Kein Mensch verträgt die Überbelichtung, und jeder ist der Nachsicht bei Nahsicht bedürftig. Der Frömmste fällt bekanntlich siebenmal am Tag. Dabei wird er nicht gern abgelichtet. Der Fotograf aber braucht nur geduldig warten und sein Handwerkszeug, die Kamera, parat haben. Er darf nur nicht, ähnlich den törichten Jungfrauen in der biblischen Geschichte, die bei der Ankunft des Bräutigams kein Öl mehr in ihren Lampen hatten, keinen Film in seinem Apparat haben oder den falschen Film. Man muß den Eisenkeil erwarten können. Es ist in diesem Zusammenhang sicher sehr bezeichnend, daß es noch keinen Film über einen – das heißt *mit* einem Heiligen der Kirche gibt, oder muß man sagen: Seit es den Film gibt, gibt es keine Heiligen mehr? Eine kleine Ausnahme bildet der heilige Maximilian Kolbe, der auf einem ganz kurzen Amateurfilm zu sehen ist. Ist die Heiligkeit ein Phänomen der Vor- und Frühzeit, des mythischen Zeitalters? Verträgt sich die Vorstellung von grundguten, heiligmäßigen, tugendhaften, vorbildlichen Menschen schlecht mit der Aufklärung? Sind, bei Lichte besehen, alle Menschen gleich und gleich durchschnittlich? Ich will es nicht hoffen.

Ich mußte mich bei drei Geburtstagsfeiern dagegen wehren, für den Eisenkeil gehalten zu werden. Mein Geschlechtsleben stand nicht zur Debatte, aber meine angebliche Zurückhaltung, die mir als Bescheidenheit ausgelegt und zugute gehalten wurde. Am härtesten mußte ich mich in Puchberg bei Wels, bei einer Veranstaltung im dortigen Bildungshaus wehren, wo ich tatsächlich und buchstäblich gefragt wurde, wie ich es gemacht (angestellt?) hätte, bescheiden zu bleiben. Als hätte ich diesen guten Eisenkeilruf nicht schon dadurch widerlegt, daß ich mich für verschiedene Ehrungen bereitgefunden hatte. Geehrt werden schließlich ja auch nicht nur die, die ehr*würdig* sind, sondern diejenigen, die sich ehren lassen, also ehr*willig* sind. Undenkbar etwa, daß Thomas Bernhard die Ehrenbürgerwürde von Ohlsdorf angenommen hätte. Seinen Freunden in Maria Saal gegenüber hat er damals, vor vierzig Jahren, angekündigt, er werde einmal den Nobelpreis bekommen. Und wahrscheinlich hätte er ihn ja auch bekommen, wenn er nicht früher gestorben wäre. Eher hätte er aber vermutlich noch die Ehrenbürgerwürde von Ohlsdorf angenommen als die Wiens, wie er ja zu den sogenannten einfachen und kleinen Leuten ein viel besseres Verhältnis hatte als zu

Machthabern und den Regierenden. Er war halt auch ein bescheidener Mensch ...
Man weiß selbst am besten, was man von sich zu halten hat, was wieder nicht heißt, daß man sich in einem selbst nicht täuschen könnte. Und wer hat sich bezüglich eigener Widerstandskraft nicht auch schon überschätzt! Einmal wurde ich in die Nähe von dem erwähnten Puchberg bei Wels, nach Wels nämlich, eingeladen, um bei einer Podiumsdiskussion meiner Rolle als bekannter Konservativer nachzukommen. Da es sich bei den Konservativen offensichtlich um eine aussterbende menschliche Art handelt, die demnächst wohl unter den Artenschutz gestellt werden muß, könnte man als solcher praktisch pausenlos landauf, landab unterwegs sein, um bei allen möglichen Symposien und Tagungen und Diskussionsveranstaltungen den wertkonservativen Standpunkt zu vertreten – und als der Alibirechte vom Dienst neben den dominanten Progressiven seinen Podiumsplatz einzunehmen. Konservativ, auf deutsch »bewahrend«, ist ja zu einem regelrechten Schimpfwort geworden, wenn es auch neuerdings im Wortfeld durch die Neuprägung »fundamentalistisch« etwas entlastet und semantisch sozusagen erleichtert wurde. »Bewahren« wollen die meisten Menschen nur ihre eigenen Privilegien. Ihre Optionen wollen sie »gewahrt« wissen. Sie beharren auf ihrem Vorkaufsrecht ...
In Wels ging es damals konkret um die Heimat, für die ich schon oft für zuständig gehalten wurde. Es traf sich gut, daß ich im selben Hotel einquartiert wurde, in dem auch die »heimatliche« Veranstaltung stattfinden sollte. So hatte ich es bequem und brauchte nicht einmal in die rauhe Luft meiner Schulstadt Wels hinauszugehen. Ich kam am späteren Nachmittag von Klagenfurt her in Wels und jenem Hotel an, wo mein Statement am Abend Ereignis werden

sollte. Ich regenerierte und rekreierte mich ein wenig im Hotelzimmer und vertrieb mir die verbleibende Zeit mit Fernsehen. Fernsehen hieß, sich ein wenig geistesabwesend durch die damals aufgekommenen vielen Programme des Angebots zu »zappen«. Ich blieb aber schließlich bei einem Programm mit einer hohen Nummer hängen, weil es dort, zu meiner Verblüffung und mein Interesse weckend, so eine Art Universum-Sendung gab, jedoch nicht über die Tiere, sondern über die Menschen. Und zwar über jenen Teil des menschlichen Verhaltens, der im Tierfilm meist das Ende bildet, nämlich das Paarungsverhalten, das heißt die Paarung. Früher hätte man gesagt: Die Menschen trieben es wie die Tiere. Inzwischen weiß man, und nicht nur vom Eisenkeil, daß es die Tiere so nicht treiben, auch nicht die Kaninchen ... Da konnte man also etwas lernen bezüglich Sexualität und Gymnastik, Erotik und Turnen. Von der Ehre war weniger die Rede ... Später merkte ich, daß jenes Gasthaus und angestammte Haus am Platz inzwischen von einer Hotelkette übernommen worden war, wo das sogenannte Hotelfernsehen mit dieser Art von Universum-Sendungen zum Standardangebot gehört. Am nächsten Tag, beim Begleichen der Rechnung an der Rezeption, merkte ich freilich auch, daß jene intime Belehrung und Unterrichtung in Liebesdingen nicht umsonst gewesen war, sondern verrechnet wurde und auf der Hotelrechnung aufschien. Wie es sich gehört, genierte ich mich ein wenig und unterließ darum zu sagen, daß ich dieses Extra gern extra beglichen hätte, weil ich die Hotelrechnung mit diesem schriftlich und ziffernmäßig ausgewiesenen Zusatzservice wie auch die Entnahmen aus der Hotelbar der einladenden Institution, die für die reinen Unkosten und Spesen aufzukommen versprochen hatte, nicht gut in Rechnung stellen konnte. Das war sicherlich außerhalb des Vorgesehenen und außer *Obligo*, wie auch das Telephonat mit den Daheimgebliebenen. Ich wollte nicht durch solche Extrawünsche auf getrennte Rechnung bei der Rezeptionistin und den mit mir am Tresen Wartenden noch mehr Aufsehen erregen und Aufmerksamkeit provozieren. Und so war ich sehr leise, so leise, wie es dem Kavalier nachgesagt wird, der genießt und schweigt. Geschwiegen habe ich, der Genuß war zweifelhaft.

Ich mußte beim Zusehen bei jenem Sky-TV-Programm so sehr zugesehen und in die sogenannte Glotze geglotzt haben, daß mir entgangen war, daß gleich am Anfang, als ich mich absichtslos zu jenem Programm vorgezappt hatte, eine kleine »Inschrift« in einer Ecke des Fernsehschirms aufgetaucht und eingeblendet war, nämlich PAY-TV. Das hätte sogar mich, der ich nur Schulenglisch kann, doch eigentlich stutzig machen müssen, daß mit dieser Station, bei der ich jetzt gelandet war, etwas nicht stimmen konnte. So zahlte ich jedenfalls am Tag darauf für jenes »Schulfernsehen« an der Rezeption Lehrgeld, aus eigener Tasche und ziemlich viel sogar, weil ich mich die Hotelrechnung mit diesem Schönheitsfehler erst gar nicht einreichen traute und sie den Einladenden nicht zumuten wollte. Ich zerknüllte sie gleich, als ich vor dem Haus auf ein Taxi wartete, und warf sie in einen Papierkorb. Erwähnen muß ich der Vollständigkeit halber auch, daß ich vor dem Fernsehgerät nicht nur mich, sondern fast auch die Zeit und meinen Auftritt vergessen hätte und im letzten Augenblick oder Abdruck in den Vortragssaal kam. Ich versuchte dann bei jenem Podiumsgespräch, mir nichts anmerken zu lassen und überzeugend meinen Standpunkt zu vertreten, keine moralische Zögerlichkeit oder Schwäche zu zeigen, war aber wohl doch etwas schweigsamer und zurückhaltender als sonst. Ich hörte mich gar nicht gern reden, über den Segen, den Tabus bedeuten, und die Unsäglichkeit, daß heute so leichtfertig mit ihnen umgegangen wird und daß Ehe und Familie ständig demontiert werden etc., weil ich mir innerlich einigemal selbst zurief: Schau, wer da spricht! Inzwischen kenne ich die gastronomischen Bräuche der modernen Hotellerie und weiß, was einen erwartet, und bin natürlich immer stolz auf mich, wenn ich auch nicht einmal die kostenlosen fünf Minuten jener Programme aufrufe und in Anspruch nehme und beim Zahlen an der Rezeption auf die Frage: »Hatten Sie Fernsehen?« mit fester Stimme nein sagen kann ... Wieder ganz der Ehrenbürger. Ganz Gentleman. Eisenkeil! Noblesse oblige!

Damals hatte ich eben eine kleine »Auseinandersetzung«, ein halb privates »Fehdchen« eher, mit dem Sexualwissenschaftler Ernest Borneman gehabt. Ich hatte in der Wochenzeitung »Die Furche« in einem kleinen Essay nebenbei einige spitze oder ironische Bemerkungen über »meinen Nachbarn« Ernest Borneman in Scharten »fallen lassen«. Ich hatte geschrieben, sinngemäß, vielleicht sogar wörtlich, wenn ich mich recht erinnere: »Ich trete vor mein Haus in Weinberg und schaue über die Hausruckausläufer hinüber und denke mir: Dort drüben sitzt der wackere Professor Borneman in seinem Bauernhaus im zur Bibliothek mit vielen erotischen Büchern umgebauten Schweinestall und schreibt sich die Finger wund über den fleischlichen Menschen.«

Um den »fleischlichen Menschen« ging es also im Gegensatz zu der biblischen Aussage, der paulinischen wohl, der Leib sei ein Tempel des Geistes ... Ich hatte nun sicher nicht mit einer Reaktion gerechnet und war deshalb sehr erstaunt, als ich kurze Zeit später einen Brief aus Scharten bekam. In diesem Brief wurden sozusagen einige Scharten ausgewetzt ... Borneman schrieb mir also, daß ich mir von seiner Bücherei oder Bibliothek eine offenbar falsche Vorstellung machte. Eine solche »erotische Bibliothek« besitze nicht er, sondern sein Kontrahent Martin Humer, der sogenannte Pornojäger im unweit entfernten St. Marienkirchen, mit dem er in Prozesse verwickelt sei. Seine Bibliothek enthalte Fachliteratur und im übrigen auch meine Bücher. Er besitze aber nicht nur selbst einige meiner Bücher, sondern habe von meinem ersten Buch »Überwindung der Blitzangst« viele Exemplare in der Welser Buchhandlung »Landesverlag« gekauft und verschenkt. Nun sei er von mir, den er für einen Mitstreiter in Sachen Aufklärung gehalten habe, schon sehr enttäuscht. Damit ich mir aber von ihm ein besseres und sachgerechteres Bild machen könne, schicke er mir sein Buch »Die Ur-Szene. Das prägende Kindheitserlebnis und seine Folgen«. In dieses Buch schrieb er mir die anspielungsreiche Widmung »Für Alois Brandstetter zur Überwindung der Triebe. Vom guten Nachbarn Ernest Borneman«. Ich habe es gelesen und darin viel über den Autor – und mich – erfahren und gelernt. Vieles von dem Geschriebenen möchte man unterschreiben. Wenn auch Widersprüche bleiben. Die (sexuelle) Wahrheit hat ihn, Borneman, offenbar, auf seinen Freitod hin gesehen, nicht frei gemacht. Denn wenn sich ein Greis wegen einer jungen Frau das Leben nimmt, da kann doch etwas nicht stimmen. Da paßt etwas nicht zusammen. Hätte er nicht wissen müssen ... Doch will ich ihm, der den Frauen so viel Gutes nachgesagt hat, ja alles Gute, Verläßlichkeit, Überlegenheit, Einfühlungsvermögen, Geduld, Diskretion, Krisenfestigkeit, Zuversicht und Kraft, ja alle Tugenden nur bei ihnen gefunden zu haben glaubte, nichts Schlechtes nachsagen. »Was ich in Frauen gesucht und gefunden habe, war jenseits der Befriedigung sexueller Wünsche deshalb auch stets die Verkörperung dieser Tugenden, die mir bis zum heutigen Tag spezifisch weiblicher Natur zu sein scheinen.« Ist er, der Idealist, schließlich an der Realität gescheitert? Innerhalb meiner bürgerlichen Eingeschränktheit und meiner selbstauferlegten Tabugrenzen bin ich ihm vielleicht insofern ähnlich, als ich das »Feminine als Paradigma des Humanen«, um den Titel der Dissertation Norbert Freis über Theodor Fontane ein wenig variiert zu zitieren, auch in manchem Buch, vor allem aber im Roman »Die Burg« gefeiert und zelebriert habe. Frauen sind Engel ... Wer sie freilich in dieser Weise erhöht, hochhebt und idealisiert, wird ihnen sicher nicht gerecht. Vielleicht lobt er sie gerade deswegen, weil er sie nicht *versteht.* Nicht verstehen kann oder will ... *In dubio pro reae* ... In meinem Fall hat die minnesängerische *Laudatio* freilich immer eine leise *Reservatio mentalis*, einen ironischen geistigen Vorbehalt. Verlassen kann man sich auf meine Hymnen über die Frauen in »Die Burg«, die Schweiz in »Die Mühle«, die Mönche in »Die Abtei« oder »Vom Manne aus Eicha«, die Bauern in »Almträume« nie ganz. Die Wahrheit schaut immer ein wenig – hoffentlich nicht ganz – anders aus ... Ich muß mich an dieser Stelle an einen Witz erinnern, und ich einnere (mich) ungern an Witze: Peter Altenberg lobt einem anderen gegenüber eine Frau. Er schwärmt von ihr in den höchsten Tönen, nennt sie eine Jungfrau, ja eine wahre Heilige, ein Vorbild an Tugenden und so fort. Auf den Einwand seines Freundes, diese Frau habe doch zwei uneheliche Kinder, erwidert er schroff: Was geht denn das dich an, du Rotzlöffel ...

Eine »läßliche« Sünde wahrscheinlich. Vielleicht bin ich für schwere Sünden nicht disponiert, dazu fehlt wohl das Format. Das alles ist nichts Besonderes. Dieser Satz könnte über meinem ganzen Leben stehen. Hundertmal habe ich in Vorlesungen und Seminaren über das ritterliche Tugendsystem der höfischen Zeit des Rittertums gesprochen und von der rechten *maze*, dem Mittelmaß also, dem in der römischen Ethik die *temperantia* und in der griechischen die *mesotes* entspricht. Darauf soll sich aber keiner etwas einbilden. Das Besondere an meinem unabenteuerlichen Leben besteht wohl darin, daß ich mit dem nicht Besonderen besonders achtsam umgegangen bin, mit dem Unspektakulären bei meiner Schriftstellerei mein Auslangen gefunden habe und aus dem nicht Prächtigen oder Glänzenden merkwürdigerweise Funken geschlagen habe. Das soll kein Eigenlob sein. Sicher ist, daß ich in allen meinen Romanen, selbst im Kriminalroman »Die Abtei«, ohne Tote, Mörder und Selbstmörder ausgekommen bin. Mein Leben hat zwar in schrecklicher Zeit begonnen, und ich habe das Ende des Schreckens, die Jahre 1944 und 1945 bewußt und voll Angst miterlebt, doch dann kam eigentlich eine lange Friedenszeit, wenn man von den ungefähr zweihundertsiebzig kleineren und größeren Kriegen in der Welt absieht ... Aber die spielten sich, von hier aus gesehen, alle »hinten in der Türkei« und in Hinterindien und weiß Gott wo ab. Nachgefahren jedenfalls bin ich ihnen nicht. Ich habe keinen Streit gesucht. Ich habe mich zurückgehalten. Ich habe mich schadlos gehalten.

Hätte ich Dramatik und Spannung gesucht und beschrieben, dann hätte ich mich als Ghostwriter meines Schwiegervaters betätigen und mich am Fundus seiner Erlebnisse bedienen müssen. Er ist 1916 in Durres in Albanien geboren, kam im Zweiten Weltkrieg zu den mit der deutschen Wehrmacht kollaborierenden Kroaten, schließlich in italienische Kriegsgefangenschaft und zuletzt nach Österreich, wo er lange Zeit als Staatenloser in den Barackenlagern am Rande Klagenfurts und jetzt in der sogenannten Dag-Hammarskjöld-Siedlung als stolzer Österreicher und glühender Patriot und Sozialist gelebt hat und lebt. Hätte ich sein Leben zu erzählen, so hätte ich genügend Stoff für Horror und Terror, weil er die unglaublichsten Kriegsgreuel auf dem Balkan und »jede Menge« atavistischer Grausamkeiten gesehen und erlebt hat, von *begangen* hat er nie etwas gesagt ... Er hat viele Erschossene, Gehängte und Massakrierte gesehen und viele Nächte neben Leichen geschlafen. Was sich in dem aktuellen Jugoslawienkonflikt und eben im Kosovo »tut«, ist ihm alles »wohlvertraut«. Auch das Leben meines Vaters, das vom Ersten Weltkrieg gezeichnet war und einer Kriegsverletzung, die er an der italienischen Front erlitten hat, verlief hart und dramatisch. Ich aber erlebte den Krieg in Korea nur aus der Ferne, ich stand am Straßenrand in Saarbrücken und beobachtete eine Demonstration gegen den Vietnamkrieg und hielt mir wegen der aus Megaphonen und Lautsprechern dröhnenden Ho-Ho-Ho-Tschi-Minh-Rufe die Ohren zu. Und jetzt schreibe ich über den Eisenkeil, den man zum Ehrenbürger des Innbachtals ernannt hat, obwohl wieder Krieg herrscht. Es ist Krieg, aber ich gehe nicht hin, spende nur wie viele andere.

Plinius verbreitet über den Eisvogel übrigens nicht nur jenen mythologischen »Irrtum«, wenngleich es in Mythos und Märchen wie auch in der Legende eigentlich keinen Irrtum geben kann, er irrt sich auch in einigen Angaben über den Nestbau. Es handelt sich aber dabei bereits um einen ehrwürdigen Irrtum, weil sich Plinius ihn mit Aristoteles teilt. In meinem Kommentar zur Eisvogel-Passage in der Naturgeschichte des Plinius lese ich: »Sowohl

Aristoteles als auch nach ihm Plinius beschreiben das Nest des Eisvogels falsch. Das Eisvogelpaar hackt in einen steilen Uferrand einen etwa ein Meter langen Gang, an dessen Ende sich die eigentliche Nisthöhle befindet, in die das Weibchen sechs bis sieben dünnschalige Eier legt.« Damit ist richtiggestellt, was sich bei Plinius so anhört: »Ihre Nester sind bewundernswert; sie haben die Gestalt eines etwas nach oben verlängerten Balles, eine ganz enge Öffnung und sind großen Schwämmen ähnlich. Man kann sie mittels eines eisernen Werkzeugs nicht zerschneiden, aber durch einen kräftigen Schlag wie trockenen Meerschaum zerbrechen. Woraus die Eisvögel ihre Nester bilden, läßt sich nicht feststellen; man glaubt aus spitzen Gräten, entsprechend ihrer Fischnahrung. Sie ziehen auch die Flußläufe hinauf. Sie legen fünf Eier.« Mit diesen Angaben fußt Plinius auf Aristoteles, und zwar dessen »Geschichte der Tiere«. Man kann solch kleine sachliche Fehler aber verschmerzen, wenn man mit so klaren und schönen Sätzen erfreut wird: »Ihre Nester sind bewundernswert.« Das ist auch bewundernswert gesagt, vor allem wenn man sich diese Aussage in Latein buchstäblich »zu Gemüte führt«. Was habe ich nur für ein »bewundernswert« einfältiges Gemüt, daß mich so einfache Sätze aus der alten Sachprosa so erfreuen können: »Nidi earum admirationem habent pilae figura paululum eminenti ...« Ein falscher, schöner Satz!

Als ich vor der Notwendigkeit oder, wie es entsprechend der Sprachregelung von Festveranstaltungen heißt, vor der angenehmen Aufgabe und Pflicht stand, mich für die Ehrenbürgerschaft zu bedanken, tat ich dies auf eine Weise, wie sie wohl für einen Schriftsteller naheliegt, nämlich mit einem Text beziehungsweise mit einer kurzen Lesung. Meine Überlegung war dabei, daß in dieser Geschichte oder in diesem kurzen Essay möglichst komprimiert meine Herkunft, geographisch, aber auch geistig gesehen, zum Ausdruck kommen sollte. Es mußte also meiner Vorstellung nach vom Bauerntum und vom Humanismus die Rede sein, die mich biographisch bestimmen. Es sollte aber auch die Jetztzeit vorkommen, was in meinem Fall wohl auch hieße Zeit- und Zeitgeistkritik, wohl auch Vergangenheitslob und Gegenwartsschelte. Ohne das geht es ja nicht. Mit einem Text, den ich ursprünglich nicht für diese Veranstaltung bestimmt hatte, erreichte ich alle diese Intentionen. Darüber hinaus empfand ich es als eine besondere Pointe, daß in der Geschichte auch mein einziger noch lebender Vorgänger als Ehrenbürger von Pichl, der Tierarzt Konrad Gajewski vorkommt, der als häufiger »Besucher« unserer Ställe in meinem Leben eine gewisse, gar nicht kleine Rolle spielt. Wie oft habe ich ihn als Kind »verständigen« müssen. Eine besondere Erinnerung ist mir natürlich das Jahr 1953, als der damals gerade zugezogene und mit seiner tierärztlichen Praxis begonnen habende Doktor auch bei unseren Kühen die Maul- und Klauenseuche feststellte und darauf nach veterinärmedizinischer Vorschrift das ganze Haus unter Quarantäne stellte. Pflichtgemäß nannte er alle Konsequenzen dieser Maßnahme, freilich mit einem augenzwinkernden Unterton, was seine realen Erfahrungen mit diesen Vorschriften betraf. Wir haben uns aber streng daran gehalten. Für mich hatte es drei Wochen »schulfrei«, aber danach auch viel Nachlernen bedeutet.

Als Schriftsteller hatte ich es sicher einfacher, mich für die erwiesene Wohltat der Ehrenbürgerschaft zu bedanken, als ein Tierarzt. Ich hatte es wohl ähnlich einfach wie ein anderer, leider schon verstorbener Ehrenbürger, der Pfarrer Ferdinand Hochedlinger. Ein Geistlicher Rat hat es sicher auch nicht schwer. Aber was schenkt ein Tierarzt, und womit bedankt sich ein Veterinärrat? Was ist sein »Produkt«? Er hat es diesbezüglich ähnlich schwer wie der Rabbi in jenem bekannten jiddischen Witz, der eine Uhr in die Auslage seines Geschäftes hängt, weil er, der die vorgeschriebenen Beschneidungen vornimmt, sich keinen Rat weiß, wie er sich anders darstellen sollte. Eine Rede kann natürlich jeder halten, und es gibt unter den Vertretern der »Handlungsberufe« durchaus manch großen Redner, der sich auf »Sprachhandlungen« versteht, wie es ja auch große Arztdichter gegeben hat, wenn man nur an Alfred Döblin oder Gottfried Benn denkt. Tierarztdichter fallen mir im Augenblick aber keine ein. Das Beste, was ein Priester zu seiner Gemeinde, der Pfarrgemeinde oder der politischen Gemeinde, die ihn zum Ehrenbürger ernennt, sagen kann, ist, so merkwürdig es auch in den Ohren einer säkularisierten Gesellschaft klingen mag: Ich werde für euch beten. Zum Beten muß man freilich nicht geweiht sein.

Der Tierarzt war übrigens bekannt und beliebt wegen seiner »christlichen« Honorare. Er hatte beim Rechnungschreiben ein Herz für Menschen und ein Herz für Tiere. Es ist ja sicher kein Problem, bei einem Gutsbesitzer mit einem riesigen Stall voll trächtiger Kühe den ganzen Tarif nach einer Behandlung auszuschöpfen und an das obere Limit zu gehen. In einem Stall aber, in dem die zwei Kühe einer verwitweten Kleinhäuslerin stehen, tut sich ein humaner Veterinärmediziner natürlich schon schwerer. Auch humane Humanmediziner schauen sich ihre Patienten an und stimmen das Honorar auf sie ab … Immer hat es freilich auch Ärzte gegeben, die alles genommen haben, was zu kriegen war, zu kriegen und nicht nur zu bekommen. Er nimmt es auch von den Toten, sagt

man über einen solchen Bauernschinder und hippokratischen Blutsauger.
Immer wieder war auch von sogenannten praktischen Ärzten die Rede, die die Bauern praktisch umsonst behandelt haben oder um den Pappenstiel einer alten Eferdinger Truhe oder einer wurmstichigen gotischen Madonna, die sie draußen im Vorhaus gesehen hatten … Vergelt's Gott, Herr Doktor! Nehmen Sie nur das alte Gerümpel mit, steht eh nur im Weg. Manchmal übertrafen und überboten sich diese Ärzte noch und stellten dem Bauern an die Stelle eines alten Kastenbettes mit bemaltem Haupt und verziertem Fußbrett aus dem 17. Jahrhundert ein modernes Bett aus Homogenplatten und mit einer Schaumgummimatratze aus dem 20. Jahrhundert. Vergelt's Gott, Herr Doktor! Und die Bauern, einige ahnungslose Landbewohner dachten sich, der Herr Doktor hat ein gutes Herz, aber einen schlechten Geschmack, weil er sich für das sogenannte alte »Gelumpach« interessiert. Inzwischen sind freilich jene Bauern auch schon ausgestorben, daran hat die ärztliche Kunst auch nichts geändert. Heute wird der Herr Doktor kaum noch mit Naturalien entschädigt und ärztliche Kunst gegen Volkskunst aufgerechnet und Medikamente und Heilmittel mit Kreuzen und Heiligenbildern kompensiert. Da die Bauern heute auch alle krankenversichert sind, sammeln die Ärzte jetzt auch eher die Krankenscheine der Landwirtschaftskrankenkasse als Antiquitäten, die sie sich beim Antiquitätenhändler besorgen müssen, der natürlich etwas genauer über Werte Bescheid weiß. Es herrscht nach der Naturalwirtschaft die freie Flohmarktwirtschaft … Daß mein Vorgänger in der Ehrenbürgerschaft, der Herr Tierarzt, solchen gewissermaßen berufsbedingten Versuchungen nie erlegen ist, hat allein schon ein Lob verdient. Dasselbe galt auch für den verstorbenen Herrn Pfarrer, der jedenfalls

hierin auch nicht dem alten Klischee des Kirchenmannes entsprach, der immer am »Einsammeln« ist und mehr als das Sakrale die Kollekte im Sinn hat und den mehr als die Seelsorge die Sorge um den Kirchenschatz und die Pfründe umtreibt. So trifft sicher für alle Ehrenbürger, mich eingeschlossen, zu, daß sie vielleicht keine ausgesprochen guten Menschen waren oder sind, aber das evident Schlechte vermieden und unterlassen haben oder doch zu vermeiden versucht haben …

Ich begann also meine Dankesrede mit einem Satz Nestroys über den Fortschritt: »Der Fortschritt hat es so an sich, daß er immer ein bißchen größer ausschaut, als er ist.« Und er sei, fügte ich hinzu, nicht immer ganz eindeutig, sondern manchmal ein bißchen zweideutig, wenn nicht gar zwielichtig. Und weiter also wie folgt: *Jener Fortschritt zum Beispiel, den man darin sehen hat wollen, daß es gelungen war oder schien, das Rind, einen Pflanzenfresser vom Anbeginn der Welt, zum Fleischfresser zu machen, indem man ihm ein als Tiermehl bezeichnetes Pulver, das man anfangs wie zur Geschmacksverbesserung oder wie ein Gewürz ins Heu oder Grünfutter streute, später aber ungeniert wie Getreideschrot in den Barn schüttete, hat sich letztendlich als widernatürlicher Unfug herausgestellt. Der Nutzen jener Umgewöhnung schien groß, der schließlich entstandene Schaden ist es tatsächlich. Daran wird die europäische Landwirtschaft noch lange kiefeln. Sie wird vom Fleisch fallen, hoffentlich nicht ins Gras beißen …*

So hat der europäische Stier Fischmehl und BSE bekommen. Einige der gröbsten Fehler in der Landwirtschaft hätte man meiner Meinung nach vermeiden können, wenn man sich bei den Alten umgesehen und ihre Ratschläge beherzigt hätte. Der Anfang soll herrschen. Schon Publius Vergilius Maro hat, wie in den »Georgica« nachzulesen ist, gewußt, daß in der Viehzucht die Liebe zur Kreatur und das Streben nach dem Artgemäßen höchste Priorität haben müssen... Man muß von der Natur lernen und nicht gescheiter sein wollen als sie. Der Hauptvorwurf an die ältere Literatur über die Tiere, von den »Georgica« bis zu »Brehms Tierleben«, ist nun immer der, daß die Tiere »vermenschlicht«, wenn nicht gar »vergöttlicht« werden, wie die der Juno heilige Kuh. Ist es aber nicht besser, die Tiere irrtümlich zu vermenschlichen, als sie irrtümlich zu »objektivieren« und zu »instrumentalisieren« und, wie die Juristen bis vor kurzem taten, als Sachen zu behandeln, als wäre kein Unterschied zwischen einem Schwein und einem Stein, zwischen einem Ziegel und einer Ziege. Da gackern die Hühner... Eine Kuh macht muh, und Kühe machen Mühe, das ist bekannt. Ein Möbel macht nicht muh und nicht mäh. Vergil hat im übrigen nicht nur gewußt, daß die Tiere auch geschlachtet und geopfert werden, ihm waren leider auch die Krankheiten schmerzlich bewußt und vertraut: »Siehst aufsuchen du ein Schaf häufiger müde den Schatten, / Siehst abrupfen es matt nur stets die Spitzen der Kräuter, / Immer zuletzt es gehn, sich lagern mitten im Weiden, / Siehst es spät in der Nacht allein heimkehren vom Felde, / Hemm sofort durch Schlachten die Schuld, noch eh sich verbreitet / Weiter des Siechtums Gift in unvorsichtiger Herde.«

Fast hundert Verse verwendet Vergil auf die Schilderung des sogenannten »Tiersterbens in Norikum«, einer exemplarischen Seuche und epochalen Epidemie, der damals ganze Herden zum Opfer gefallen sind und deren Symptome von Veterinärhistorikern als Milzbrand, Pocken und Ruhr, aber auch als Pest, Tollwut und Staupe diagnostiziert wurden.

Fortpflanzung, Leben und Tod von Pferden, Kühen, Scha-

fen und Ziegen sind Vergils Thema im Buch III der »Georgica«. Und er macht sich auch Gedanken, wie die Tiere zu schützen seien: »Lebt ein schwärmend Insekt, das römisch man heißet asilus, / Oistros es haben benannt, das stachelbewehrte, die Griechen.« Neben der Bremse sind es die Schlangen, die ihm Sorge machen. Von wahrer elementarer Wucht aber sind jene Hexameter, die der »Vater des Abendlandes« für das Geschlechtsleben der Tiere, der Stiere und Hengste, Stuten und Kalbinnen, die »stattliche Färse«, für »Liebesbetörung« und Brunst findet: »Denn allmählich verzehrt des Weibchens zündender Anblick / Jegliche Kraft, läßt ihn des Walds, der Weide vergessen / Durch den verführenden Reiz und zwingt die Brünstigen oftmals, / Untereinander im Kampf Entscheid mit den Hörnern zu suchen ... Zahlreiche Wunden es gibt, das Blut rinnt schwarz um die Glieder ...« Hier ist von mehr und etwas Tieferem und Geheimnisvollerem die Rede als vom »Besamen« unserer heutigen Tierzuchtanstalten ...

Neben unseren Schulranzen, die wir im vorderen Teil des Postautobusses deponierten und in denen sich auch Schulausgaben Vergils befanden mit Teilen der »Äneis« und der »Bucolica«, lagerte in den fünfziger Jahren Herr Hörmann, der Autobuschauffeur, oft jene Kühlbox mit dem schockgefrorenen Stiersamen, den ihm ein Bote der Besamungsanstalt in Thalheim bei Wels gebracht hatte und der für unseren Tierarzt Konrad Gajewski bestimmt war, der weitum die Kühe der Bauern mit jenen Spermien von gut ausgemendelten Erbfaktoren versorgte ...

Vergil hat auch bereits Verhaltensforschung betrieben, Konrad Lorenz könnte von ihm gelernt haben. Und so fragt er etwa im Erregungszusammenhang von den Tieren auf die Menschen zurück: »Aber der Jüngling, dem im Mark heiß siedet die Liebe, / was tut er? ...« Und noch

einmal vom Menschen, der schier den Verstand verliert, zurück zu den Tieren: »Was tut ferner der Luchs, was tun die grimmigen Wölfe, / Was die Hunde? Wie kämpfen sogar die friedlichen Hirsche?«
Vergil wurde bekanntlich im Mittelalter als Zauberer betrachtet, aber auch als Prophet verehrt. Aus seinen Hirtenliedern wollte man einen Hinweis auf das Kommen Christi herauslesen. Und es hieß auch, der Völkerapostel Paulus habe an Vergils Grab in Neapel geweint. Das hat sich alles als nicht haltbar erwiesen. Mir aber blieb es vorbehalten, in den »Georgica« eine kritische Vorausdeutung auf die heutige Agrarbürokratie zu entdecken, die dem Agrarkommissär ins Stamm- oder Herdbuch geschrieben sei: Mit einem gut abgerichteten Pferd, schreibt Vergil, könne sich nichts messen: »Es trägt den Reiter zum Ziel, viel schneller als belgische Wagen!« Adolf Trendelenburg, dessen Übersetzung ich zitiere, übersetzt »belgische Wagen«. Vielleicht sollte man übersetzen: »der Brüsseler Karren«, damit die Brüsseler Spitze deutlicher und schärfer herauskommt!
Applaus, Applaus. Meine nächste Angehörige meinte freilich, der Applaus sei endenwollend gewesen. Es habe nur den sogenannten höflichen Beifall gegeben, das entsprechende Quantum Pflichtapplaus. Und dies alles sogar zu Recht, weil sich dieser Text gar nicht für eine Danklesung geeignet habe. Wen interessiert in Pichl der Vergil. Welchen Reim sollen sich die Landsleute auf die »Bucolica« machen. So habe es also, in der Sprache der Poetik und wieder nicht der Provinz gesprochen, meiner Rede am *aptum*, also der »Eignung« gebrochen ... Was sage ich wann wo. Die Rede habe auch ein Tabu verletzt. Die Bauern wollen am Abend bestimmt nicht mit Geschichten aus dem Stall und von Sprungstieren unterhalten werden. Und meine Geschichte sei auch zu sehr auf ein bestimmtes

Thema fixiert, die Geschichte sei verräterisch und nicht ohne Peinlichkeit. Und auch nicht frei von Angeberei, als sagte da einer: Seht her, was für einen merkwürdigen und außergewöhnlichen Geschmack ich habe. Meiner kurzen Rede kurzer Sinn sei also eher Unsinn gewesen. Die Geschichte sei weder ländlich noch sittlich. Meinen Stieren und Ebern – von denen war doch gar nicht die Rede! – fehle die Milch der frommen Denkungsart, die Einfachheit des biederen Landmannes. So habe ich es nicht gesagt, sagt meine nächste Angehörige, das sind deine Worte. Sie bleibt aber dabei, daß es nicht »gepaßt« hat, wie die Kärntnerin sagt. Die Städter glauben doch, daß die Kühe die Milch durch die Hörner geben, sage ich. Wir Bauern aber haben zur Natur ein natürliches Verhältnis.

Mit einer solchen Behauptung stoße ich aber regelmäßig in ein Wespennest, und es kommt ein ganzer Schwarm von Anekdoten auf mich herab, wo ich mich wie im Falle der Schwäne der Gartenbäurin gar nicht als naturnaher Landmensch und Naturbursch gezeigt habe. Auch wird mir dann gern eine gewisse Zurückhaltung beim Einkaufen auf dem Markt bei den Bauern vorgehalten und daß ich die Molkereibutter der angeblich ranzigen Bauernbutter vorziehe. Auch bei der Bezeichnung von Bäumen und Sträuchern soll ich einmal sozusagen gestrauchelt sein und unrichtige Angaben gegenüber der nachfolgenden Generation gemacht haben. Man bäumt sich gegen mich und meine Baumauskünfte auf. So könne man gar nicht davon ausgehen und sicher sein, daß ich den Eisvogel, von dem ich neuerdings so viel redete, *in natura* erkennen würde, wenn er mir wie jenen Pichler Gewährsleuten, wie etwa dem pensionierten Schuldirektor Hermann Schönmayr, demnächst unterkommen und begegnen sollte.

Ich erinnere natürlich gern im Gegenzug an viele korrekte

Angaben und Vermutungen über Naturdinge, die ich gemacht und angestellt habe und die sich als richtig erwiesen haben. So hatte ich, als einige Male jener Plastiksack, in dem uns das Frühstücksservice zehn frische Semmerl gebracht und an den Zaun gehängt hat, zerfetzt und zerrissen war und einige Gebäckstücke angefressen, sofort auf die Elster getippt und dies für das Werk jenes als Dieb verrufenen Vogels gehalten, was sich kurze Zeit später, als ich diesen Vogel, von dem schon Wolfram von Eschenbach im Prolog zu seinem »Parzival« recht kritisch schreibt, *in flagranti*, sozusagen *in pikanti* oder *in friskanti*, das heißt auf frischer Tat am frischen Gebäck ertappte, als überzeugend richtig herausgestellt hat. Und als einige Male in meinem Pichler Haus auf dem Weinberg in Fallen gefangene Mäuse zur Hälfte aufgefressen waren und im wesentlichen nur noch die gruselig anzuschauenden Köpfe neben den Fallen lagen, wußte ich auch, wem dies zu verdanken und zuzuschreiben war, und nahm den Marder in Verdacht, ein Verdacht, der sich freilich noch nicht durch Augenschein bestätigt hat. Es wird sich weisen, ob wirklich die Feldmäuse mit den Haus- und Spitzmäusen so verfahren, wie ein Jäger gemeint hat, oder ob nicht doch ich recht bekomme, wovon ich sehr überzeugt bin.

Ein Schriftsteller muß überzeugt sein und eine Überzeugung haben. Und er muß überzeugend sein. Das muß ja nicht gleich so weit gehen, daß er »an sich glaubt«. Besser ist er dran, wenn er an Gott glaubt und nicht dem verbreiteten Irrglauben frönt, er habe sich selbst gemacht und geschaffen und alles nur sich selbst zu verdanken und zuzuschreiben, was er geschrieben hat. Mir jedenfalls ist der Stolz, was Wissen und Bildung betrifft, einige Male »abgeräumt« worden, wie es hierzulande ein wenig drastisch heißt, und das war nicht einmal schlecht. Manchmal genügt es, daß man an etwas erinnert wird und sich erinnert, wenn man sich wie ein Pfau aufplustert und ein Rad schlagen will, daß man die Gespreiztheit und das Radschlagen sein läßt und die Federn wieder »einfährt«. Manchmal sagt einer, von sich selbst eingenommen und im Brustton der Überzeugung, er habe so gehandelt, daß er sich im Spiegel selbst in die Augen sehen könne. Ein großes Wort, ein vielleicht zu großes Wort. Es könnte sein, daß sich der Spiegel beschlägt …

»Schön ist der Mensch, wenn er erscheinet im Licht …« Auf Hölderlin, von dem diese Hymnenzeile stammt, trifft es zu. Sein Menschenbild ist im wahrsten Sinne des Wortes großartig. Er schreibt in den höchsten Tönen vom Menschen, dem Ebenbild Gottes, oder eigentlich der Götter. Tief ist das Wesen des wahren Menschen bei Zeus. Zu seiner ganzen Größe aber kommt der Mensch erst im Leiden, und alle Schönheit ist von Abschied und Trauer berührt. Schmerz, wohin man blickt. Dazu bedarf es der Jupiterlampe nicht. Ein Grund für Melancholie ist der Tod der alten, antiken Kultur, den ihr das Christentum bereitet hat. Hölderlin hat recht eigentlich das Kunststück zustande gebracht, das Neue mit dem Alten zu versöhnen. Ein überzeugendes Beispiel dieser Integration ist die unvollendete Hymne »An die Madonna«, die mit dem Satz beginnt: »Viel hab ich dein / Und deines Sohnes wegen / Gelitten, o Madonna / Seit ich gehöret von ihm / In süßer Jugend …« Später vermengt sich Christliches und Heidnisches. Oder das Heidnische wird als vorchristlich mit milder Toleranz gesehen und gesegnet. Die Hymne ist notwendigerweise ein Torso, wobei der Grund nicht ausschließlich in Hölderlins Krankheit liegt. Sie ist naturnotwendig oder kunstnotwendig bruchstückhaft. Gegen Ende des Hymnus liegen heidnische Wörter da und herum wie

Brocken und Fragmente eines alten Tempels, die der Baumeister Hölderlin nicht mehr in einen neuen, christlichen Zusammenhang bringen konnte – oder wollte. »Es deuten von alters / Die Himmlischen sich, von selbst, wie sie / Die Kraft der Götter hinweggenommen.« – »Mit Gewalt das Ihre nehmen / Die Götter.« Man muß den Eindruck gewinnen, daß der erste Satz nicht nur so zu verstehen sei, daß Hölderlin wie ein Märtyrer für Christus und Maria in einer unchristlichen Welt gelitten habe, sondern auch WEGEN Christus, nicht um Christi willen, sondern von Christus »verursacht«. Hölderlins synkretistische Religiosität nimmt etwas vorweg, was der Historiker Arnold Toynbee in unserer Zeit mit einem »einheitlichen« Weltgebet für alle Weltreligionen, die heute die Welt bestimmenden und die untergegangenen, versucht hat, in dem Baldr und Christus, Buddha und Zarathustra angebetet und angerufen werden, was allenthalben großen Widerspruch hervorgerufen hat. In diese Richtung gehen bekanntlich auch die Bemühungen des suspendierten und emeritierten Ordinarius der Universität Tübingen, der Hölderlinstadt, der eine Verständigung der Weltreligionen auf ein ethisches Programm der Koexistenz und der Toleranz postuliert, weil die Alternative dazu ein wirklich gnadenloser Kampf aller gegen alle ist, ein Kampf, von dem Pessimisten meinen, daß er unvermeidlich sei …

Derweil amüsiert sich die Welt zu Tode. Auch ich habe gemeint, ich müsse meinen bescheidenen Beitrag zur Unterhaltung als sogenannter amüsanter, humorvoller, also unernster Autor leisten. Vielleicht aber darf ich mir zugute halten, daß ich mich immer wieder von Autoren wie Hölderlin zur wahren Ordnung der Dinge und weg vom hybriden Unernst rufen und mahnen lasse. Auch die Musik Anton Bruckners bringt mich ins Lot. Dick unterstrichen aber steht in meinem Stammbuch Hölderlins Aphorismus: »DIE SCHERZHAFTEN: Immer spielt ihr und scherzt? Ihr müßt! O Freunde! Mir geht dies / In die Seele, denn dies müssen Verzweifelte nur.« Vielleicht ist es ein wenig übertrieben, wenn sich der Ehrenbürger einer kleinen oberösterreichischen Gemeinde an Hölderlins zweistrophiges Gedicht über den »Menschenbeifall« erinnert, denn eine Ehrenbürgerernennung durch Pichl fällt vielleicht noch nicht unter »Menschenbeifall«. Da ich aber sicher nicht Ehrenbürger Wiens werde, auch nicht mit siebzig, wenn ich siebzig werde, muß ich die kleinste Gelegenheit nützen! Und so behält das Hölderlingedicht vom »Menschenbeifall« auch seinen anklagenden Ernst:

Ist nicht heilig mein Herz, schöneren Lebens voll,
Seit ich liebe? Warum achtetet ihr mich mehr,
Da ich stolzer und wilder,
Wortereicher und leerer war?

Ach! Der Menge gefällt, was auf den Marktplatz taugt,
Und es ehret der Knecht nur den Gewaltsamen;
An das Göttliche glauben
Die allein, die es selber sind.

Für die Stolzen und Wilden, die viele Worte machen, aber hohl und leer sind, gibt es den Beifall der »Menge«, die die Gewalttäter und die Brutalen ehrt, wie es heißt, jene, die ihre Ellbogen einsetzen, sich durchsetzen und sich daraufsetzen, also etwas besetzen, indem sie es besitzen. Wer aber etwa »in der Provinz sitzt«, darf schon auf die Knechte und die »Gewaltsamen« der Groß- und Hauptstädte schauen, und er ist wohl auch entschuldigt, weil es entschuldbar ist, wenn er sich von den Kapitalen, den

Platzhirschen in den Zentralen zu Unrecht übersehen und übergangen vorkommt. Es gehört dieser stille Kummer des Verkannt- und Vergessenseins in der Provinz zu jenen Genüssen, mit denen einen das Leben abseits der Machtzentren zugleich auch versöhnt und entschädigt. Man kann nicht alles haben …

Der Eisvogel ist selten zu sehen, jahrelang war er überhaupt auf Tauchstation, dieser blitzschnelle Eintaucher. Sicher möchte er nicht mit der Taube tauschen, der Stadttaube etwa, die sich oft explosionsartig vermehrt und Tonnen von Kot absetzt und die Denkmäler beschmutzt und bekleckert. Hölderlin gleicht dem Eisvogel in mehr als einer Hinsicht. Das Eisvogelhafte Hölderlins erblicke ich mit viel Sympathie darin, daß er sich von der dramatischen Kunst ferngehalten hat, also keine Haupt- und Staatsaktionen, keine Mantel-und-Degen-Tragödien und -Komödien geschrieben hat, die von der besseren Gesellschaft in Abendgesellschaften mit großer Toilette und in Abendroben, in Frack oder mit Schleppe besucht und als hochkultureller Anlaß und Vorwand für Selbstdarstellung und Repräsentation benützt und mißbraucht werden. Hölderlin, der unter mehreren Aristokraten und Patriziern und ihren schwererziehbaren und unerzogenen Söhnen, verwöhnten Fratzen, als Hauslehrer, das heißt Hofmeister, gelitten habende, wahre und wahrhaftige Dichter, ist vor allem Lyriker. Ist aber das Schreiben von Gedichten, fast ausschließlich von Gedichten – die Prosa des »Hyperion oder der Eremit in Griechenland« ist ein besonderer Fall, ein Fall von lyrischer Prosa – nicht eigentlich wie Religion und Konfession? Wer Gedichte schreibt, hat ein Gelübde abgelegt. Fromm oder weltfromm ist der Lyriker, ein Beter, der preist, beschwört, bespricht, ohne Feierlichkeit feiert, auch schweigt, klagt

und sich nicht beklagt. Denn nur im Raum der Rühmung darf die Klage gehn …
Die Vögel sind die Lyriker unter den Tieren, und was sie in dieser Hinsicht hörbar leisten, übertrifft alle menschliche Poesie und allen Gesang der Sänger, die sich mit mehr oder weniger Erfolg als Vögel versuchen, die in den Zweigen wohnen. Wenn aber das Lied, das aus der Kehle dringt, reichlich lohnender Lohn sein soll, wie es in Johann Wolfgang Goethes »Des Sängers Fluch« heißt, dann darf die Botschaft des Gedichtes kein gedankenlyrisches »Anliegen«, also gerade keine Botschaft mehr sein, sondern reiner Laut, Wohllaut oder Wehlaut oder überhaupt Schweigen. Über allen Gipfeln ist Ruh. Die Vöglein schweigen im Walde. Das Schweigen der Vögel in Wald und Flur, wenn sie Pause machen, weil nicht immer Chorprobe und Gesangsstunde sein kann, nicht weil der Frühling stumm geworden ist, ist nach dem Gesang selbst das Herrlichste. Nach dem Verlauten das Verleisen und Verstummen. Bis wieder einer anhebt, nicht loslegt, etwa der Kauz, und ein anderer, etwa die Nachtigall, sich dazugesellt und »einfällt«, darübersingt. Warum singen die Vögel? Oder singen sie gar nicht, weil sie Gesang sind, sie »äußern« sich durch ihren Gesang, sie äußern also *sich* und kein Lied, sie sind ein Lied. Und darum heißt es ja auch in einem »Lied« Hölderlins: »Seit ein Gespräch wir sind.« Nur daß der Mensch bei allem, selbst beim Singen, meistens einen Hintergedanken hat. Der Vogel preist mit seinem Gesang den Schöpfer, er will aber eigentlich nichts preisen. Im Kirchenchor strengt sich manche Sopranistin an, singt ein ergreifendes *Sanctus*, rühmt den Allmächtigen und möchte damit doch auch selbst berühmt werden. Und es hat Burgschauspieler, sogenannte begnadete Kammerschauspieler und Kammersprecher gegeben, die haben uns

das Weihnachtsevangelium im Radio in einer Art vorgelesen, daß man gemeint hat, sie müßten auch die Verfasser der Heiligen Schrift sein. Der Text kann nicht von Markus, er muß von Raoul Aslan sein. Wie könnte er ihn sonst so »überzeugend« lesen … Mehr als vom Evangelium ist mancher Verkünder der Frohen Botschaft von sich selbst überzeugt. »An das Göttliche glauben / Die allein, die es selber sind.« Der Lyriker aber ist auf seine Weise »ein Liebender«. Hölderlin hat auch gewußt und schmerzhaft erfahren, daß der Beifall für diese »Liebenden« deutlich geringer ausfällt als für die, die »wortereicher und leerer« sind, die also prosaisches Stroh dreschen, Kolportage erzeugen. Es ist rührend, wenn er sich selbst dessen beschuldigt, der von Schuldgefühlen Geplagte, wo er sich diese Sünde gegen den Geist, leer und wortreich gewesen zu sein, wirklich nicht vorzuwerfen hat. Und wann hätten »sie«, die Menge, ihn denn wirklich geachtet, ja überhaupt ernstlich wahrgenommen? Er bezieht etwas auf sich, was zu ihm eigentlich keinen Bezug hat. Heiliger Beziehungswahn, oder ist dies nicht die Art, wie einer die Sünden der anderen »trägt« – oder auch erträgt?
Es ist mir bekannt, daß Hölderlin, nachdem er wiederentdeckt und überhaupt wieder wahrgenommen worden war, lange Zeit als der große Unpolitische, der ewig an der Welt und der Schöpfung und weniger an der Menschenwelt und Gesellschaft Leidende, als der Zeitlose und Entrückte, der Verrückte schließlich auch gegolten hat und heilandhaft verehrt wurde, bis vor allem der französische Gelehrte Pierre Bertaux ihn als politischen Dichter und als Jakobiner und Revolutionär hingestellt und dargestellt hat, dessen lyrische Reizwörter als Metaphern und politische Fanale gelesen werden können und auch müssen. Das war eine Revolution und Umwälzung des alten Hölderlinbil-

des, eine neue Sichtweise. Für Bertaux war Hölderlin nun plötzlich nicht mehr der scheue Eisvogel, der enthaltsame und abwesende, geistes- und gesellschaftsabwesende Esoteriker, sondern der politische Soteriker. (Sollte es nicht »Satiriker« heißen, fragt mich das Wörterbuchfenster meines PC zurück, wie es mir immer wieder, wenn ich in meinem Wortgebrauch etwas ausgefallener und raffinierter werde, mit Rückfragen nach biedereren Wörtern kommt, ich beharre aber auf meinen Preziositäten.) Ein Soteriker ist im Gegensatz zu einem Esoteriker, der die Erlösung (Soteriologie) im Diesseits und nicht im abgehobenen Metaphysischen sucht, ein Revolutionär – oder doch einer, der die (gewaltsame) Veränderung im Sinn hat. Daß Hölderlin zumindest als junger Mensch, als er mit Ludwig Neuffer, später aber vor allem mit Georg Wilhelm Friedrich Hegel und Friedrich Wilhelm Joseph Schelling befreundet und im Tübinger Stift dem Internats- und Eliteschuldrill unterworfen war, einen großen Freiheitsdrang entwickelte und naturgemäß mit der Französischen Revolution sympathisierte, war natürlich lange und nicht erst seit der bahnbrechenden Biographie von Wilhelm Michel bekannt. So teilt die Biographie Ulrich Häussermanns, »Friedrich Hölderlin in Selbstzeugnissen und Bilddokumenten«, Hölderlins Leben in die Perioden: Der Knabe, Der Empörer, Der Wanderer, Der Lernende, Der Dienende, Der Stille, doch hat erst Bertaux in Hölderlins Dichtung, auch im Spätwerk, das »Empörende«, nicht nur ästhetisch, sondern auch politisch Revolutionäre herausgearbeitet, was die Fachwelt erstaunt hat.

Ich durfte den Gelehrten Bertaux während meiner Saarbrückener Zeit um das Jahr 1970 einmal mit meinem VW-Käfer von der Bahn abholen und zu einem Vortrag an die Universität bringen. Ich fand in ihm aber durchaus nicht einen von einer einzigen wissenschaftlichen und vom Herkömmlichen abweichenden Meinung besessenen Gelehrten, sondern vor allem einen von seinem »Gegenstand«, in seinem Fall Friedrich Hölderlin, buchstäblich begeisterten Wissenschaftler. Ich erinnere mich, wie er vor allem davon sprach, daß die Deutschen neuerdings mehr und mehr auf Hölderlin vergessen, ja daß er im Volk wohl überhaupt nicht mehr präsent oder populär, ja in der sogenannten breiten Masse der Bevölkerung nicht einmal mehr dem Namen nach bekannt sei. Und Bertaux erzählte mir auch, daß er öfter die Probe aufs Exempel mache und Taxifahrer, die ihn so wie ich mit dem Auto irgendwo in Deutschland zu einem Vortrag brächten, nach seinem Idol, um es so zu sagen, frage. Und er habe nicht nur in Braunschweig oder Hamburg, sondern auch schon in Stuttgart selbst Ignoranz erfahren, zu seiner größten Verblüffung. Es sei natürlich niederschmetternd, wenn einen ein Schwabe von Stuttgart nach Bebenhausen fahre, wo sich das Hölderlin-Archiv befindet (befand), aber von Hölderlin nichts wisse und, wenn er gerade den Namen kennt, keine einzige Gedichtzeile hersagen könne! Denn die großen Dichter müsse man in der Weise »kennen«, daß man sie rezitiere und ihre Werke, wenigstens ein kurzes Gedicht, auswendig kenne, zitieren könne. Das aber treffe für Hölderlin leider nicht (mehr) zu, und das sei ein Armutszeugnis, das ihn traurig stimme. Erst dann aber, wenn man den Lyriker Hölderlin in dieser Weise (auswendig) kenne, könne man über Interpretationen und auch über vom herkömmlichen Verständnis abweichende und über die traditionellen Ansichten hinausgehende Zugänge zum Werk und innovative und deviative hermeneutische Ansätze diskutieren. So plädierte Bertaux damals gewissermaßen dafür, daß auch der Professionelle zuerst einmal ein Amateur, ein Liebhaber und

sogenannter »intimer Kenner« der Dichtung sein müsse. Zuerst der Text, über alles Weitere läßt sich reden.
Wie der lange abwesend gewesene, durch Abwesenheit aber nicht geglänzt, sondern traurig gemacht und melancholisch gestimmt habende Eisenkeil scheinen nun also auch die großen alten Dichter bald verschollen oder »bis zur Unkenntlichkeit« entstellt zu sein. Daran ändert auch ein Goethe-Jubiläum wie das gerade zurückliegende nicht viel. Wer wird nicht einen Goethe loben, doch wird ihn jeder lesen ... Sein Lebtag nicht. Vor zweihundertfünfzig Jahren wurde Goethe geboren. Ein anderer ist vor zweihundert Jahren gestorben. Gelesen wird er deswegen aber nicht. Sozusagen nicht ums Verrecken ... Bertaux wußte, daß sich Hölderlin nicht im Jakobinertum erschöpft und daß er beim Besingen der Freiheit in seinen Hymnen sozusagen dialektisch zugleich die »bezwingende« Heimat mitbesungen hat. So wie er ja auch mitten in Versen, in gewissermaßen höchstem Hochdeutsch und reinster Hochsprache, urplötzlich und verstörend schwäbische Wörter oder dem Schwäbischen und der heimatlichen Mundart abgeschaute oder nachempfundene Wendungen verwendet und eingestreut hat. So geht es bei Hölderlin nicht nur dialektisch im Hegelschen Sinne zu, sondern auch dialektal. Häussermann hat gleich im einleitenden Kapitel seiner Hölderlin-Monographie unter dem Titel »Heimat« wahrlich wundersame Beispiele dafür angeführt. So stehen in »Griechenland« die Verse: »Alltag aber wunderbar ... Gott an hat ein Gewand.«
Wo doch jeder Volksschüler, sozusagen jeder deutsche Elementarschüler weiß, daß es heißen müßte: »Gott trägt ein Gewand« und nicht: »Gott an hat ein Gewand.« Hierin erweist sich Hölderlin aber nicht nur als Schwabe. Mit dem Wort *anhaben* für *tragen* heimelt Hölderlin auch

mich Österreicher an. Was hast du denn wieder an! Diesen Satz habe ich als einer, der seinen sechzigjährigen Lebtag nicht viel auf Kleidung gegeben hat und bei der Garderobe nicht viel nachgedacht hat, anhören müssen, als Kind von der Mutter, wenn wir uns in Kindheit und Jugend diesbezüglich auch nicht viel vergreifen konnten, weil die Auswahl nach dem Krieg gering war und Toilettefehler auch keine Rolle spielten, weil die Menschen andere Sorgen gehabt haben, später aber von Mädchen oder Frauen, die es gut mit dem Schlechtgekleideten meinten. Betrachtet die Vögel des Himmels und die Lilien des Feldes... Neuerdings ist mein größtes Bekleidungsproblem, daß ich bei meinen zwei Hauptbeschäftigungen, der akademischen und der agrarischen, nicht die entsprechende Kleidung trage, daß ich mir also, wie oft geschehen, bei groben handwerklichen Arbeiten schöne Anzüge und Hemden mit weißen Krägen verderbe, weil ich das Umziehen vergessen habe.
Ich gehe etwa feiertäglich oder feierabendlich gestimmt und gewandet durch das Haus auf dem Weinberg und sehe plötzlich einen Mißstand, den ich auf der Stelle abzustellen gesonnen bin. Anfangs denke ich etwa, dazu genügten einige wenige Handgriffe und es verlohnte deswegen nicht, eine alte Joppe oder einen Arbeitsmantel oder Gummistiefel anzuziehen, das ließe sich sozusagen *stante pede*, also stehenden Fußes und im sogenannten Handumdrehen abstellen und richtigstellen. Aber es spießt sich dann, und eine Arbeit zieht eine andere nach sich, man muß gewissermaßen weiter vorne beginnen und an der Wurzel des Übels anheben. Im Handumdrehen geht das nicht, und plötzlich ist man in die aufwendigste Aktion verwickelt, und ehe man sich versieht, ist durch ein Versehen auch schon das Malheur passiert und die Hose oder das Hemd

verschmutzt oder zerrissen und beschädigt. Dann ist eh schon alles egal. – Diesen Rock kannst du nur noch zur Gartenarbeit anhaben. Diese Hose kannst du nicht mehr in der Universität anziehen. Diesen Rock kannst du nicht mehr für die Kirche nehmen. Diesen Rock kannst du bei der nächsten Kleidersammlung dem Roten Kreuz schenken... Solche Sätze sind mir heimatlich vertraut. So habe ich eine Menge sogenannter Arbeits- und Gartenkleider, aber wenig Sonntagsstaat, weil es meine Wäsche sozusagen magisch nach unten zieht und sich nichts auf dem hohen Niveau des sogenannten »Ausgefeierten« halten kann.

»Alltag aber wunderbar«, heißt es bei Hölderlin. Häussermann zitiert diesen einen Vers aber verkürzt, denn er heißt in seiner ganzen schönen Länge: »Alltag aber wunderbar zu lieb den Menschen / Gott an hat ein Gewand...« Das heißt ja wohl, daß der Mensch Gott menschlich oder kindisch, jedenfalls kindlich zu sehen oder, wovon anfangs die Rede war, zu malen und sich auszumalen das Recht und die Freiheit hat. Er kann nicht anders, und darum darf er. Günter Eich hat mir einmal freundlicherweise zu einer Geschichte von mir (»Stille Größe«) geschrieben, sie »leuchte ihm sehr ein«. Seit damals ist mir das Wort »einleuchten« lieb und teuer geworden, und ich gebrauche es mit Bedacht, ja Andacht. Ich sage es nicht zu jedem, dazu ist es mir zu kostbar, es enthält schließlich das Wort »Licht«. Und es hat im einleitenden »ein« eine Richtung und Gerichtetheit. Jemandem, dem etwas »einleuchtet«, dem wurde auch immer im guten Sinne »heimgeleuchtet«... Und so bitte ich, den Hölderlinschen Vers »Alltag aber wunderbar zu lieb den Menschen« mit dem Ehrenwort »einleuchtend« bedenken zu dürfen. Ich bin ein Mensch des Werktags, Wochenenden sind mir zuwider, ja ich bin ein Mensch der Wochenenddepression. Der Sonntag überfordert mich. Mir ist der Sinn nie nach Feiern gestanden. So gesehen wurde ich mir selbst zum Rätsel, als ich die Geburtstagsfeiern nicht nur über mich ergehen ließ, sondern plötzlich zu genießen anfing. Und dachte ich anfangs, ich würde mich dem Eisenkeil gleich oder ähnlich zurückziehen und unsichtbar machen, »verduften«, »mich französisch empfehlen«, »abzwitschern«, so bin ich dann doch eher wie der Pfau ins Licht getreten und habe Räder geschlagen. Wie auch soll sich jemand französisch empfehlen, der dann doch nicht Französisch beherrscht ...

Darüber ist es nun Ostern 1999 geworden. Die Osterstimmung kommt heuer aber nicht nur bei denen, die die Botschaft wohl hören, denen aber der Glaube fehlt, besonders schwer auf. Denn es herrscht Krieg, und zwar nicht »hinten in der Türkei«, wo sie »aufeinanderschlagen«, wie es beim Jahresregenten Goethe heißt, sondern wenige hundert Kilometer von Kärnten entfernt ... Ein Kärntner, ein Griffener im besonderen und Schriftsteller, hat zu diesem Krieg eine besonders originelle Meinung, die sehr weit von den hierzulande geltenden Sprachregelungen abweicht. Er hat sich aber nicht nur verbal, sondern buchstäblich auf die Seite der Serben geschlagen.

Was nun dieses Land betrifft, so hat Handke sicher vielen seiner Kritiker manche Kenntnis voraus. Mir etwa, der ich den Kosovo nur aus den Erzählungen meines albanischen Schwiegervaters »kenne«. Was die Serben im Hinblick auf die Kosovoalbaner, die Kosovaren, betrifft, hat sich Handke sicher aber auf die Seite der Stärkeren geschlagen, im Kampf der Serben mit der Macht der NATO, die sie herausgefordert haben, natürlich nicht. Das ehrt ihn, den unverständlichen »Unverstandenen«. Andererseits wird man bei manchen Stellungnahmen von prominenten Schriftstellern zu diesem Krieg den Verdacht nicht los, sie urteilten nach der in der künstlerischen Branche geltenden Maxime der Originalität und der Deviation. Günter Grass bildet diesmal freilich die Ausnahme von der Ausnahme. Er, der sich vor wenigen Jahren gegen die sogenannte Wiedervereinigung Deutschlands, jedenfalls zu den Konditionen der brutalkapitalistischen Bundesrepublik, ausgesprochen und erklärt hat, hat nun die NATO-Angriffe auf Belgrad verteidigt, weil es gelte, einem serbischen Diktator die Waffe aus der Hand zu schlagen, aus einer Hand, die sich schonungslos an Unschuldigen vergreift ... Sprachlich gesehen ist dem Schrecken dieses wie des vorigen Balkankrieges absolut nicht beizukommen. »Humanitäre Katastrophe« ist zum Schlagwort verkommen und verharmlost. »Ethnische Säuberungen« wirkt inzwischen auch sprachlich »antiseptisch« und irgendwie »klinisch«. Und ein »albanerfreier Kosovo« ruft zwar das Paradigma an Greuel und Untat und eine Anspielung auf die deutschen Nationalsozialisten auf und wach, die Leitgröße aller Schlechtigkeit, wirkt aber eben dadurch auch wie metaphorisch und ausgeborgt. Es reimt sich wieder einmal nichts zusammen. »Das letzte aber, das letzte aber geben die Worte nicht her ...« Ja, Wolfgang Borchert, hätten wir nur einen Dichter wie dich oder auch den Heinrich Böll, der uns wirklich betroffen machte. Denn den Fernsehbildern, so unvorstellbar und schrecklich (schon wieder »schrecklich«!) sie sind, sie »bringen es nicht, sie bringen es nicht ...« – »Schweigen, schweigen ...« Vielleicht dies ... Wenn aber geredet wird, dann fallen die Redenden unausweichlich in die sprachlichen Fallen der gängigen Redewendungen des zuständigen Repertoires.

Ich habe 1944 als fünfjähriger, vorzeitig eingeschulter Erstklassler die Fliegeralarme erlebt und bin von der Schule in Pichl die drei Kilometer nach Hause gelaufen, immer wieder unter Bäumen oder im Gebüsch am Innbachufer Schutz suchend und Rast haltend, um Kraft für die nächsten paar hundert Meter zu schöpfen, während die Flugzeuge über uns hinweggedonnert sind. Und darum weiß ich auch, daß niemand die unbeschreibliche Not der albanischen Kinder auf der Flucht aus dem Kosovo beschreiben können wird. Und wenn die Bilder hundertmal »erschütternd« oder »schrecklich« oder eben auch »unbeschreiblich« genannt werden. Einige solcher unauslöschlicher »Ur-Szenen«, die sich dem Mars und nicht der Venus »verdanken«, habe ich erlebt und bis an mein Lebensende »gespeichert«, Angstauslöser, die bedingte Reflexe hervorrufen wie den Speichelfluß beim Pawlowschen Hund. Es gab freilich trotz Krieg und Mars »Ur-Szenen« im Bornemanschen Sinn. So war einmal ein durch die Kriegsereignisse mit seinen Eltern in unserer Nachbarschaft einquartiertes Mädchen auf mein Betteln hin in einer geschützten und schwer einsehbaren Ecke unseres Obstgartens eben dabei, mir einige seiner anatomischen Geheimnisse zu enthüllen und Wunder seiner Körperbildung an den geheimsten Stellen zu offenbaren, als gerade in diesem Augenblick die Sirene zu heulen begann und wir uns unverrichteter Dinge trennen mußten und Hals über Kopf in die Häuser rannten. War der Kriegsschrecken die Strafe des Himmels für das verbotene Tun? Im Weltbild meines Vaters jedenfalls war alles Leiden »verhängt«, das heißt Strafe für begangene Sünden. Sehr viel aber, ja fast alles, was »lustig« gewesen wäre, war Schuld und Sünde. Hier liegt nun sicher die Wurzel mancher (»ekklesiogener«) Neurose oder Nervosität. Das zu begreifen, braucht es keinen psychoanalytischen Scharfsinn und bedarf es keines Bornemans …

Die Hauptlektion in Sexualkunde bekamen wir Bauernkinder freilich frei Haus von den Tieren. Knut Hamsun hat in seinem Roman »Segen der Erde« eine Szene beschrieben, wo ein Bub und ein Mädchen das »merkwürdige« Verhalten paarungsbereiter Tiere beobachten. Und Karl Heinrich Waggerl hat in seinem Roman »Brot«, der ihm bekanntlich den Plagiatsvorwurf eingebracht und einen veritablen literarischen Skandal bedeutet hat, eine solche Szene nachgebildet, wo ein kindliches »Pärchen« vom ungebärdigen Treiben eines »entbrannten« Stieres angesichts einer »stierigen« Kuh (wie wir in unserer Mundart jenen Zustand bezeichneten) fasziniert und zugleich abgestoßen und angewidert wird. Die alte, freistehende Hütte, eine Art Preßhaus, neben dem Mikl in Geisensheim steht nicht mehr, hinter der wir uns nicht nur einmal versteckt haben, um dem Treiben beim Sprungstand nahe dem Stall, diesem besonderen »Beischlaf« beizuwohnen, wo also ein Knecht oder Bauer mit seinem weiblichen Tier auf den Knecht des Mikl wartete, damit er ihm das männliche Tier »zuführe«. Aufregungen und Erregungen höchsten Grades. Einmal habe ich den Mikl-Knecht bei der »Rückführung« des Sprungstieres nach vollbrachter Tat sagen gehört: »Jetzt hat die arme Seel wieder eine Ruh!« Noch »tierischer« freilich ging es bei den Schweinen zu. Als vielleicht Siebenjähriger habe ich mich einmal in eines jener Mostfässer gesetzt, die, nachdem sie leer getrunken waren, ausgeschwemmt und für einige Zeit ins Freie gebracht und dort getrocknet wurden. Es war Sommer und sehr heiß in diesem Faß und unendlich »schwül«, weil ich von dort unbemerkt dem Geschlechterkampf des Ebers des Gatterbauern mit unserer Zuchtsau zusehen konnte ... Tiere und Menschen, hieß es immer, soll man nicht vergleichen. Dieses Verhalten hätte freilich nicht zur Verhaltensforschung geführt, die zwar auch vor komparatistischen Schnellschüssen warnt, aber trotzdem unablässig mit dem Herstellen von Beziehungen beschäftigt ist. Sie wird von diesem Gedanken umgetrieben wie der Keiler von der Nasching …

Einmal aber war mir, dem Kind, ein verstohlener Blick auf jene Stelle einer Frau gelungen und vergönnt, die der Maler Gustave Courbet so eindrucksvoll und »penibel« als »L'origine du monde« gemalt, »ausgemalt« hat. Es war dies der Startschuß für meine Pubertät …

Nun hoffe ich, daß ich mit diesen »Confessiones« meinen Ruf als Aloisius, als Eisvogel auch endlich losgeworden bin. In diesen Ruf aber muß ich allmählich, nachdem ich mich nach einer Sturm-und-Drang-Zeit, wenn auch eher als sogenannter »Heimlicher« und relativ spät, mit achtunddreißig Jahren ganz auf Ehe und Familie konzentriert habe, gekommen sein. Ein Ruf und ein Verruf wohl auch, wie mich mancher Tadel wegen der Abwesenheit des sogenannten Themas Nummer eins in meinen Romanen erreicht hat. Auch der erwähnte diesbezügliche Idealismus, wie etwa im Roman »Die Burg«, wurde mir angekreidet. Die dort vorkommende Frau Ginover heiße nicht von ungefähr Ginover wie die Gattin des Königs Artus. Eine wirkliche »blutvolle« und lebendige Frau sei das wohl nicht. Nur keine Abenteuer, sei offensichtlich die Devise meiner Literatur, selbst wenn sie von den Rittern handle. Irgendwie seien sogar meine Ritter wie Mönche, jedenfalls Kavaliere. Wo aber seien die Draufgänger, die Schneidigen und die Umtriebigen, die »bunten Vögel«? Bei mir dominierten anscheinend die Graugänse. Vor allem aber fehlte es in meinen Büchern am weiblichen Personal. Dieses sei offenbar an der Welt der Vögel orientiert, wo die Weibchen meist im Gegensatz zu den Männchen besonders unscheinbar und unauffällig, einfärbig und farblos grau sind.

Die Natur schützt die weiblichen Flugtiere durch dieses unspektakuläre Outfit vor der maßlosen Zudringlichkeit der Männchen, heißt es. Die Weibchen kämen andernfalls kaum noch zum Brüten oder einer anderen vernünftigen Tätigkeit, weil sie die Satyriasis der Männchenwelt zu keiner ordentlichen Beschäftigung kommen lasse, weil sie immer nur das eine im Sinn oder im Blut oder im Instinkt hätten. Bei einer ornithologischen Exkursion, einem vogelkundlichen Rundgang der Kärntner Naturwissenschaftlichen Gesellschaft entlang des Wörtherseeufers, an dem ich eben in diesem frühen Frühjahr teilgenommen habe und der uns vor allem durch jenes Gelände geführt hat, wo im Sommer das angeblich größte Seebad Europas, das Strandbad Klagenfurt betrieben wird, erzählte unser Führer, ein profunder Kenner der hiesigen und der Vogelwelt im allgemeinen, von ganz unglaublichen Vorkommnissen und Übergriffen, die sich gewisse Männchen den Weibchen gegenüber herausnähmen und erlaubten. Da war von regelrechten oder regelwidrigen Vergewaltigungen die Rede, von weiblichen Zugvögeln, die einen ganzen Rattenschwanz von Männchen hinter sich herzögen und von einem nach dem anderen »genommen« würden, was in nicht wenigen Fällen zum Tod der armen, überbeanspruchten weiblichen Kreatur führe. Man dürfe sich keine Illusionen machen, sagte der Kenntnisreiche, und das gelte sowohl für den Eisvogel wie auch für den Schwan, der den Eisenkeil an ehelicher Treue sogar noch übertreffen soll. On dit. Jedenfalls sei die ewige und unverbrüchliche Treue ein Mythos. Über eine Saisonehe hinaus und eine Einjahresverbindung gebe es im Tierreich kein Treusein … Mit dem »Lebensabschnittspartner« sind ja nun auch die Menschen zur »natürlichen« und »animalischen« Basis zurückgekehrt.

Stolz und aufrecht, kerzengerade saß draußen auf der Boje bei der schwimmenden Insel jenseits des mittleren Badesteges ein Kormoran. Der »böse Kormoran«, sagte der Führer vorwurfsvoll gegen die Vorwürfe der Fischer, die ihn ständig verteufelten, weil er ihnen Konkurrenz mache und angeblich Fische töte um des Tötens willen, ohne daß dies, was die Nahrungskette betrifft, angebracht wäre... Was sahen wir nicht alles, angefangen von den kleinsten Wildenten bis zu den dampferartigen Großschwänen der Bruttoregistertonnen, die gemächlich und behäbig manövrieren und navigieren. Und wie viele Arten, sich aus dem Wasser zu heben und zu fliegen, kennen die Vögel, die Schwimm- und Flugvögel. Jeder Vogel macht es anders, entsprechend seinem Körperbau und dem Schwerpunkt seines Leibes und der Gestalt und Funktionsweise seiner Flügel. Ich hatte mich übrigens vor allem wegen des Eisenkeils bei jener Exkursion eingefunden, den wir schließlich, wie mir versprochen und in Aussicht gestellt wurde, am Ende unseres Rundganges auf einem Zweig der Linde vor der Anlegestelle Maria Loretto sehen würden.
Die mittlere Brücke! Dort, wo im Sommer die Hautevolee zu Gange und zu Liege ist, stelzen nun Schnepfe und Perlhuhn und stapfen und wackeln Erpel und Enten aller Couleurs. Diese Brücke, ein vielleicht fünf Meter breites und hundert Meter langes, in den See hinausführendes Band aus Bohlen mit einer verbreiterten Plattform am äußeren Ende, so daß von oben die Brücke wie ein langgezogenes T aussieht mit einigen Leitern als Einstiegsmöglichkeiten in das Wasser zwischen je einer ähnlichen Brücke dreihundert Meter im Süden und Norden, ist genaugenommen ein Tummel- und Rummelplatz der Jeunesse dorée der Hautevolee, der Reichen und der Schönen oder jener, die sich dafür halten. Denn die wahren

Reichen haben natürlich ihre privaten Seevillen und eigenen Badestege. Dort ist es freilich oft einsam. Wer aber Publikum und vielleicht auch Bewunderer für seine makellose Figur, seinen kühnen Badedreß, sein von der Badehose, der eng geschnittenen und knapp bemessenen, diesem mißratenen Eierbecher, kaum zu bändigendes, sich überdeutlich abzeichnendes Gemächte oder die textilfreie Brust und den sogenannten knackigen Popo, den zwei von einem zur Schnur reduzierten Tanga geteilten Bäckchen oder auch Backen sucht, der ist hier gut aufgehoben und gut beraten. Zu studieren wären auch hier alle nur erdenklichen Arten von Fortbewegen, vom selbstvergessenen Rennen der Kinder über die donnernden Bohlen bis zum Staksen und affektiertesten Schaut-mich-an-Schreiten, vom lässigsten bis zum schon bizarren Passgehen. Ein wahres Bestiarium verschiedener Sorten, Arten und Gattungen. Es gibt katzenartige Schleicher, seehundmäßige Schlurfer und stechschreitende Paradierer. Und auch sonst vielerlei an das Tierreich erinnernde zwischenmenschliche und zwischengeschlechtliche Interaktionen. Es wird gekrault und massiert und eingeschmiert, das Fell abgesucht und Insekten verscheucht. Und mancher oder manche benützt auch die Weichteile seines Partners oder seiner Partnerin als sanftes Ruhekissen und Luftmatratzenersatz. Du bist zu gut zu mir, du bist wie Luft für mich. So wird geruht und gedöst, ja sogar geschlafen und geschnarcht. Schnarcher werden freilich von ihren Begleitern wachgestupst. Schämst du dich nicht! Natürlich wird auch geschmust und geschnäbelt, kokettiert und flaniert und poussiert. Bunt treiben es die Menschen. Die Vögel, die gefiederten Freunde, gehen freilich weiter …
Ein besonders drastisches Beispiel einer drastischen Rede hat mir übrigens unlängst, nach der Eröffnung des Salz-

burger Literaturarchives, bei der ich eine kleine Rede halten durfte, Peter Handke geboten und geliefert. Besonders befriedigend und beglückend waren unsere wenigen Zusammentreffen nie. Das liegt aber sicher daran, daß ich ihm gegenüber immer zu verkrampft und ein wenig verhemmt war, weil ich wohl auch durch seine Erfolge eingeschüchtert gewesen bin. Es gibt ein Foto einer solchen Zusammenkunft auf der Frankfurter Buchmesse, das uns beide nebeneinandersitzend zeigt, ihn, Handke, souverän lachend, mich daneben mit einem großen Vollbart eher ernst und traurig, wie ich mich empfinde. Dieses Bild spricht Bände. Da sitzt ein eben mit seinem Buch »Wunschloses Unglück« weltberühmt gewordener, glücklicher Autor neben einem eher bekümmerten Kurzprosaschriftsteller, ein *poeta laureatus* neben einem der sogenannten *poetae minores.* Alles keine guten Voraussetzungen für das Entstehen oder Vertiefen von freundschaftlichen Beziehungen. Dazu ist es dann auch nicht gekommen.

Nach der Salzburger Veranstaltung, bei der Peter Handke dem Rektor der Universität Salzburg und Leiter des Literaturarchives, Adolf Haslinger, ein wertvolles Manuskript übergab, kam es dann zu einer neuerlichen »Begegnung«. Wir standen zu fünft beisammen, Handke begrüßte mich und erkundigte sich sofort nach dem Wohlbefinden meiner Frau. Als er mich unvermittelt fragte, ob sie »noch so schön« sei, wurde ich verlegen und erwiderte, sie sei wie wir alle in der Zwischenzeit älter geworden. Darauf er: Ist sie schon Großmutter? Nein, das nicht, sagte ich, unser ältester Sohn sei ja erst siebzehn Jahre. Die Begegnung hatte bis hierher also ungefähr eine oder zwei Minuten gedauert. Offenbar aber schon lange genug für eine klare biologische Frage zum Stichwort Nachwuchs und siebzehnjähriger Sohn: Vögelt er schon? Wie bitte? Ob er schon ... Das Reizwort kam wieder und wieder, weil ich mich unwillig oder unwissend gab, wie ich auch war, darauf einzugehen. Natürlich fragt man sich, wenn einem jemand blöd kommt, ob man vielleicht blöd sei, wenn auch nur blöd im alten etymologischen Sinn wie der Tor, etwa wie Parzival. Vielleicht geschah mir sogar recht. Ich höre zwar viel und ausgiebig, auch in meiner näheren Umgebung, Fäkal- und Sexualausdrücke, auch im Hause ertönt manches *fucking* oder *shit*, halte mich aber selbst, was den aktiven Wortschatz betrifft, diesbezüglich zurück. Er liegt mir nicht, es widerstrebt mir, er geht mir »auf den Geist«. Dieser Ruf eilt mir vielleicht schon voraus. Geäußert habe ich mich diesbezüglich freilich nicht nur einmal. Erst unlängst wurde mir von meinem jüngeren Sohn bitter vorgeworfen, was ich in einem Interview für die »Salzburger Nachrichten«, auf das er von einem Mitschüler aufmerksam gemacht worden war, an Negativem über die Jugendsprache gesagt hatte. So jedenfalls habe ich mich selbst in den Ruf oder Verruf der Defensivität in Sprechen und Handeln gebracht, womöglich sogar der Frömmigkeit oder auch der Frömmelei, der Betulichkeit. Denn gerade diesen Vorwurf der »pfarrerhaften« Betulichkeit hat mir Handke damals auf der Frankfurter Buchmesse gemacht, als ich über den eben verstorbenen Günter Eich sprach. Ich solle nicht heucheln, sagte er. »Tu doch nicht so pfarrerhaft!«, sagte er. So muß also bei ihm das Bild vom betulichen, keuschen oder keusch tuenden, frömmelnden Familienvater entstanden sein. Und so erscheint jene unfeine, schroffe, unumwundene Frage vor diesem Hintergrund durchaus plausibel. Handke hatte, verständlicherweise, wie ich zugebe, keine Lust auf lustlose konventionelle Fragen. Was fragt man sonst wohl, wenn von einem siebzehnjährigen Sohn die Rede ist? Steht er vor der Matura? Vielleicht auch: Geht er schon in die Tanzschule? Oder meinetwegen: Hat er schon eine Freundin? Treffen sich Menschen meiner Weltanschauung, dann könnte es durchaus auch sein, daß einer fragt: Ist er schon gefirmt? *Gratia supponit naturam*, sagt die Theologie. Nur im Raum der Rühmung darf die Klage gehn? Zuerst das Biologische also, die *natura rerum*. Die Welt fragt nicht nach der Gnade, sondern gnadenlos nach der Natur. Handkes Frage war eine solche »gnadenlose« Frage nach der Natur und dem Natürlichen. Ich erinnere mich in diesem Zusammenhang an den Zorn eines sonst sehr gelehrten Juristen im Saarland in einem privaten »ästhetischen Arbeitskreis«, als von Reinhold Schneider die Rede war, der ein wenig umständlich und verbrämt, metaphorisch und symbolisch, hermetisch und verschlüsselt von seiner Zurückhaltung und asketischen Zurückweisung von verschiedenen fleischlichen Genüssen spricht. Er, Schneider, sagte der Jurist, solle nicht lange herumreden oder herumschreiben, sondern sagen: Ich habe ein Magengeschwür. Das sei nämlich der Kern des Ganzen gewesen. Alles andere sei Wind und Wolke, verwaschen und verquollen, Überbau halt.

Einige Zeit nach Günter Eichs Tod gab es in Frankfurt eine eindrucksvolle Gedenkveranstaltung. Nie wieder habe ich so viel deutsche und österreichische Prominenz auf einer Bühne beisammen gesehen wie bei jenem Memorial, angefangen von Heinrich Böll über Günter Grass und Wolfgang Hildesheimer, Peter Bichsel, Max Frisch bis zu Peter Handke. Ja, auch Peter Handke saß am Podium, wenn ich mich recht erinnere. Mir kam es damals, in Erinnerung an den Trauerverweis, den ich durch ihn kurz vorher auf der Buchmesse erhalten hatte, vor, als ob das Motto Eichs, das für dieses »Requiem«, wohl von Ilse

Aichinger, ausgewählt worden war, eine Gedichtzeile, für ihn, Handke, ganz besonders gegolten hätte: »So oft ihr auch ruft, mich hört ihr nicht mehr.« Hatte sich der Jungstar vielleicht weniger aus Liebe zu Eich als zum Suhrkamp Verlag in die prominente Runde eingereiht? Eich war mir mit seinen Hörspielen in den fünfziger Jahren an den einsamen Abenden in der Stube meines Elternhauses vor dem kleinen Radioapparat mit dem wirklich magisch grün leuchtenden »magischen Auge« nicht nur bekannt, sondern zu einem wahren »Freund« geworden, dem ich verzaubert zuhörte. Wenn einem ein Dichter so viel bedeutet, dann wird man anderen gegenüber, wie jenen »Kollegen« im Frankfurter Funkhaus bei der Gedenkfeier, leicht aus Eifersucht ungerecht. Wer hätte mit größerer Berechtigung dort draußen sitzen und einen »Maulwurf« lesen dürfen als ich ... Denn darum ging es damals. Jeder las Eich, also nicht Eigenes, sondern »Fremdes«, wenn auch Vertrautes ...
Wie hatte ich es mißbilligt und mit ihm mitgelitten, als Eich keine zwei Jahre vorher bei den Rauriser Literaturtagen bei seiner Lesung gestört worden war. Gerade er! Warum er? Störungen von Lesungen waren sozusagen als Nachwehen des Jahres 1968 nichts Ungewöhnliches und, wenn man es recht betrachtet, auch bis zu einem gewissen Grad ein Zeichen eines regeren literarischen Lebens. Heute werden Autoren kaum noch einer ähnlichen Störaktion für wert befunden. Sie sind nicht mehr wichtig genug, so wie ja auch die Maler kaum noch jemanden aufregen, wenn sie es nicht arg bunt und provokant treiben, etwa mit Fäkalien arbeiten. Was den jüngsten Skandal um jenen Saal im Kärntner Landhaus, dem Sitz des Landtages, betrifft, den die Nationalsozialisten um die Fresken Anton Koligs brachten und der nun von seinem Enkel

Cornelius Kolig, dem von der Boulevardpresse als »Fäkalkünstler« bezeichneten und beschimpften Maler und Objektkünstler, ausgestaltet wurde, so habe ich dazu eine Meinung zwischen den beiden polarisierenden Positionen. Mir kommt es also langsam so vor, als würden die empörten Boulevardzeitungen und die künstlerischen Empörer zusammenarbeiten und an einem Strang ziehen, und das in eine Richtung. Im Ergebnis nämlich kommen heute immer die sogenannten skandalösen Künstler zum Zug. Sie bekommen den Zuschlag und den öffentlichen Auftrag. Nur über den öffentlichen Skandal führt der Weg zum öffentlichen Auftrag. Ein Maler, der nur malt oder der *noch* malt, und das noch gut, aber im übrigen unauffällig ist, hat es deutlich schwerer, zu einem öffentlichen Auftrag zu kommen. Die Boulevardzeitungen tun dem Künstler und manchmal auch »Künstlern« jedenfalls mit ihrem Protest und ihren Leserbriefen des gesunden Volksempfindens eher einen Gefallen als einen Tort an. Es ist vielleicht gar nicht so abwegig, wenn auch vielleicht ein wenig überspitzt, aber eben auf den Punkt gebracht, wenn man sich fragt, was die »Kronen Zeitung« oder ihr Herausgeber Hans Dichand für seinen Widerstand gegen Cornelius Kolig bekommen hat. Hat ihn Cornelius Kolig vielleicht mit einem Bild seines Großvaters Anton Kolig entschädigt? Hat er ihn mit einem der großartigen Männerakte für seine »Mühewaltung« belohnt?
Bei der Störung der Lesung von Eich in Rauris ging es darum, daß sich zwei »Störer« unter den Tisch auf dem Podium setzten, an dem Eich las. Sie lehnten und schmiegten sich förmlich an die Unterschenkel des Dichters. Die Symbolik dieser Aktion wurde oder war mir jedenfalls nicht deutlich. Als kurz davor drei Studenten die erwähnte Lesung Thomas Bernhards im Festspielhaus am Tag vor

meiner Lesung dortselbst störten, war die Botschaft der wie betend um den Autor und das Publikum Schreitenden ohne weiters verständlich, sie war sozusagen die Illustration zum Text »Gehen«, den Bernhard las, wenn auch eher eine Affirmation als eine Protestation, worin sollte auch der Vorwurf liegen? Warum also die »Verstörung« von Günter Eich? Wenn damals ein Professor oder Autor bei einem Vortrag gestört wurde, hatte dies meist mit der Vergangenheit des Betreffenden zu tun. Über Günter Eich aber war damals nichts Derartiges bekannt. Erst viel später glaubten einige Selbstgerechte, selbsternannte Anwälte der *political correctness,* auch über ihn Kompromittierendes gefunden zu haben. Inzwischen sind jene Schatten wohl wieder gewichen. Auch der bei der Gedenkfeier für Eich am Podium sitzende Max Frisch, der nicht nur wegen seines Stückes »Andorra« für den Inbegriff des sozusagen »sauberen« Schweizers gegolten hatte, kam ja später vorübergehend ins schiefe Licht der Suspektion als nicht allzeit politisch Korrekter. Man kann es auch übertreiben.
Sogenannte Dichterlesungen sind heute keine besonderen Kulturtermine mehr. Die Literatur ist in diesem Sinne unwichtig geworden. Früher waren Lesungen von bestimmten Autoren so etwas wie heute Popkonzerte. Einigen solcher Lesungen habe ich mit Hunderten anderen Hörern zusammen im ausgehenden sechsten Jahrzehnt des zwanzigsten Jahrhunderts in Saarbrücken beigewohnt. Die Lesenden aber waren Günter Grass, H. C. Artmann oder Peter Handke. Ein einziges Mal habe ich es in Göttingen zu einer ähnlich großen Zuhörerschaft gebracht, wie, ist mir heute noch schleierhaft, die müssen mich dort irgendwie verwechselt haben. Verwechselt wurde ich übrigens wirklich nicht nur einmal. So wie mir schon falsche Werke zugeschrieben wurden, wurde ich einmal irrtümlich als

Humbert Fink begrüßt. Gott hab ihn selig, mich hat er, Fink, nicht immer selig und glücklich gemacht mit seinem Handeln und Sprachhandeln. Meinen Besucherrekord dürfte nach Göttingen meine Heimatgemeinde Pichl aufgestellt haben, wo ich natürlich einen Heimvorteil hatte. Womit wir zwischen diesen »Nachrichten aus Ost und West« wieder einmal in Pichl wären.

Als im Jahre 1978 die »Nachrichten aus Nord und Süd« von H. C. Artmann erschienen, las ich diesen Vagabunden- oder Vagantenbericht des Vielgereisten nicht nur mit Vergnügen, sondern auch mit einem bestimmten Interesse an »Stellen«, womit aber nicht das alberne Suchen nach Erotischem gemeint ist (woran es gar nicht fehlt ...), sondern an »Schauplätzen«, »Schauplätzen der Weltliteratur« gewissermaßen, um es mit dem vortrefflichen Dietmar Grieser zu sagen. Ein solcher »Schauplatz« aber, rechnete ich mir aus, müsse in Artmanns Fall auch Pichl sein, weil wir dort in meinem damals gerade gekauften und bezogenen Haus auf dem Weinberg einige lebhafte Tage nach der Art von Bohemiens, sogar mit gemeinschaftlichem Dichten, Stegreifdichten, verbracht hatten. Auch Peter Rosei, dem, wie »den anderen«, die »Nachrichten aus Nord und Süd« ja gewidmet sind, war unter uns, der inzwischen verstorbene Christoph von Derschau und einer, den wir »Kiew« nannten, Artmanns Frau Rosa Pock nicht zu vergessen. Gleich öfter nun nähert sich Artmanns hektische und sprunghafte Reise dem fraglichen Bezirk, plötzlich taucht Wels auf, dann Schwanenstadt, von den etwas weiter entfernten Ortschaften im Kobernaußer Wald einmal zu schweigen. Schließlich Grieskirchen. Es wird also immer heißer, jetzt ist es sozusagen nur noch ein Katzensprung über den Dingberg oder von Mangelburg und Schlüsselberg nach Weinberg und Pichl. Was aber mußte ich da lesen: »schade daß ich kein künstler bin aber vielleicht werd ich noch einer neulich hatte ich schon ansätze dazu als ich mit dem treuen erich aus grieskirchen kam überkam mich ein echter daimon ich sprang bei pichl aus dem fahrenden wagen und übersprang den tückischen straßengraben und opferte mein gesamtes innenleben der herbstlichen natur es sprudelte aus mir nur so hervor ...« Pichl, »Schauplatz« der Weltliteratur ... Es ist zum Kotzen, und natürlich war ich über diese einzige Pichler »Konnotation« schon ein wenig enttäuscht. Artmanns Welser »Gewährsmann« ist der »treue Erich« (Glück). Was er freilich über Wels schreibt, daß einige »blödmänner« den Stadtturm auf dem Kaiser-Josefs-Platz beseitigt haben, war nicht nur in unseren Gesprächen Thema, es geht darum auch in Texten von mir. Die wirklich famose Anton-Bruckner-Anekdote, die Artmann dort, wenn sie auch nicht in den Welser Zusammenhang gehört, mitteilt, erinnere ich mich ebenfalls von ihm gehört zu haben ... Als »nunmehriger« Ehrenbürger von Pichl muß ich Pichl freilich in Schutz nehmen, ich würde mir ja selbst schaden, jedenfalls keinen Gefallen tun, wenn ich jenes Image Pichls als »Abladeplatz« nicht auf das schärfste zurückweisen würde ... Denn natürlich hätte ich lieber, daß die Leute sagen: Pichl, ist das nicht die Ortschaft, aus der der oberösterreichische Heimatdichter Brandstetter stammt?, als daß sie sagen: Pichl, eh schon wissen, das ist dort, wo Artmann gespieben hat. Im übrigen bin ich mit H. C. Artmann längst versöhnt, wenn es jemals der Versöhnung bedurft hätte. Seit er einmal in einem Interview gesagt hat, er treffe sich mit mir gern in Klagenfurt, weil ich der einzige seiner Freunde sei, mit dem er Althochdeutsch reden könne, habe ich ihm jenen Ausfall auf Pichl, jenen »Maulwurf«, um einen Ausdruck Eichs ein wenig anzüglich an-

zuziehen, wie man früher das Zitieren nannte, längst vergeben, vergessen und verziehen …
Früher hat man von einem Ort, dem man feind war, ja gesagt: Man möchte dort nicht begraben sein. Neuerdings hört man, wesentlich schärfer und im Ausdruck gesteigert, jemand könne gar nicht so viel essen, wie er dort oder da kotzen möchte. Elfriede Jelinek hat das vor einiger Zeit nicht im Zusammenhang mit einem Ort (es könnte freilich auch Österreich sein …), sondern einer Person, einer hochbetagten Schriftstellerkollegin gesagt, fein war das nicht. Ich, der Versöhnliche vom Dienst, der Ehrenbürger eben, bringe das Kunststück zuwege, beide, die jüngere Wilde und die alte Fromme, die Schmäherin also und die Geschmähte, zu ehren und als Künstlerinnen zu achten. Verheiratet bin ich ja nicht mit ihnen.
Langsam und allmählich stellt sich auch die Frage des Friedhofs, wo man dann wirklich begraben sein möchte, obwohl letztlich niemand will, aber alle unerbittlich wollen werden müssen. So schön kann eine Ortschaft auf dieser schönen und schrecklichen Erde gar nicht sein, und sei sie mit dem Prädikat *Kurort* oder *Erholungsdorf* ausgezeichnet worden, mit vielen Schildern an herausragenden Gebäuden mit der Aufschrift CULTURAL PROPERTY oder WELTKULTURDENKMAL, daß sie nicht auch einen »Garten der Ruhe«, eine ewige Fußgeherzone sozusagen brauchte. Wir sind alle nur Gast auf Erden und eine beschränkte Zeit untot. Auch meiner lieben Heimatgemeinde Pichl ist mittlerweile der Friedhof rund um die Kirche zu klein geworden. Das liegt einerseits an der um viele Zuzügler vermehrten Wohnbevölkerung und andererseits daran, daß der alte Pfarrfriedhof auch weltanschaulich gewissermaßen an seine Grenze gestoßen ist. Wohin mit den sogenannten »Andersgläubigen« oder Konfessionslosen, die die

geweihte Erde verschmähen? Dissidenten dieser Art gab es »zu meiner Zeit« nicht. So ist die Gemeinde lange und auch früher schon, als dort mein Bruder Josef Bürgermeister war, auf der Suche nach einem passenden Grundstück gewesen, aber nicht und nicht fündig geworden. Sozusagen auf Verdacht hat mein Bruder auf dem sogenannten alten Sportplatz an der Schule eine Aufbahrungshalle errichten lassen, nachdem die Behörde die Hausaufbahrungen, von denen ich als Kind so viele erlebt habe, verboten hatte. Ungefähr an der Mittellinie des alten Sportplatzes liegen nun die, die dort hingelegt werden und sich nicht rühren können. Nun, da unter dem Nachfolger meines Bruders ein Platz für den Friedhof gefunden und bestimmt wurde, muß wohl auch diese Halle als Zwischenlager gelten und einer endgültigen und definitiven Platz machen. Soll sich ein Grundstück für diesen Zweck, diesen Endzweck eignen, so braucht es nicht nur eine günstige Lage, eine entsprechende Infrastruktur, etwa die Verkehrsanbindung, es kommt auch sehr auf die Bodenbeschaffenheit des Terrains an. Und das war wohl das erste Problem im morastigen Grund des Innbachtales. Das Grundwasser steht zu hoch, und überdies überschwemmt der aus dem Hausruck kommende Bach regelmäßig zwei- bis dreimal jährlich den Talboden. Ein so feuchtes Erdreich wirkt bekanntlich konservierend, was in diesem Fall aber kontraproduktiv und unerwünscht wäre. Es soll alles schnell gehen … Die Verweildauer muß gesenkt werden, Fluktuation, das heißt zwar eigentlich »Fließgeschwindigkeit«, im übertragenen Sinn »Übergang« und »Abwechslung«, muß durch Trockenheit erreicht werden! Die Nachkommenden wollen auch drankommen. Platz da! In dieser Not hat man eine wahrlich salomonische Lösung gefunden. Man wird ein Stück des Geländes zwischen der Ortschaft Schnittering und Pichl aufschütten, um so höher herauszukommen und dem »Ertrinken« durch den Innbach zu entgehen. Diese Lösung ist tatsächlich salomonisch, weil man von den Friedhöfen der Juden weiß, daß die Verstorbenen weniger »eingegraben« wurden, wie es in meiner Mundart für »bestatten«, »beerdigen« heißt, sondern mehr oder weniger auf die Erde gelegt und mit einem Grabhügel bedeckt. Dies ist der ehrwürdige orientalische Brauch, und er hat sicher auch natürliche geologische Voraussetzungen und Gründe. *Gratia supponit naturam*, auch hier.

Mich selbst betrifft dies nur in Hinblick auf meine Angehörigen. Selbst will ich der Gemeinde Pichl nach der Ehrenbürgerschaft nicht auch etwa noch mit einem Ehrengrab lästig fallen und Scherereien bereiten. Man hat für mich genug getan! Ich habe mir darum beizeiten, bei Lebzeiten eben, auf dem Friedhof St. Martin im Stadtteil Waidmannsdorf in Klagenfurt eine Grabstelle gesichert, wohin ich mich, wenn es soweit ist, zu bringen bitte.

Mit einer radikalen gesellschaftspolitischen Veränderung hat man bei der jahrelangen Suche nach einem geeigneten neuen Friedhof in Pichl freilich nicht gerechnet, damit nämlich, daß die katholische Kirche der Feuerbestattung einmal sozusagen ihren Segen geben würde. Die wirklich schrecklichen Flüche, die ich noch von der Kanzel herunter auf jene gehört habe, die bei der »Flamme«, wie es hieß, waren und so das Beispiel des erdbestatteten Herrn mißachteten, sind Geschichte und hinfällig. Und so haben sich auch die Aussegnungs- und Beerdigungsriten radikal geändert. Wer aber, ein wenig unfromm gesagt, auf ein Plätzchen auf dem alten Friedhof reflektiert, braucht sich nur einäschern zu lassen, und sein Wunsch kann erfüllt werden. Und da dies immer mehr tun, wie mir meine Schwägerin erzählt, die zwei Jahrzehnte die Pfarrkanzlei geleitet hat, die auch den Friedhof »bewirtschaftet«, das heißt verwaltet, hat es nun fast den Anschein, als sei ein neuer Friedhof neben dem Bachbett überhaupt überflüssig. Für Urnenbestattungen reicht das alte Gelände noch lange, ja ewig, um es theologisch zu sagen... Eine vergleichbar pragmatische und »vernünftige« Haltung wie nun dem »Verbrennen« gegenüber, die ja auch der bedrängenden Erscheinung der Überbevölkerung entspricht, würde man sich freilich auch der Überbevölkerung selbst gegenüber, den realistischen Möglichkeiten der Eindämmung des unkontrollierten und ungebremsten Bevölkerungswachstums nämlich, wünschen. Natürlich kann es für jeden, der es mit Gott und dem Gottesgeschöpf Mensch ernst meint, keine Tötungs- oder Abtreibungslösung geben. Es gibt aber durchaus auch sogenannte *künstliche* Mittel der Empfängnisverhütung, die zu empfehlen nur *natürlich* wäre. Wie wird nicht auch sonst auf Schritt und Tritt der Natur nachgeholfen, aufgeholfen oder auch abgeholfen, auf- und abgeholfen eben. Das die »Kremation« betreffende Verbot mit dem Beispiel Jesu zu argumentieren, hat wohl auch historisch nie gestimmt, man hat ihn nicht »eingegraben«, sondern »hineingelegt«, weil es sich in Christi Fall doch wohl um ein Felsengrab, also eine Art Gruft gehandelt hat. Und sein Fall ist nun wahrlich ein besonderer. Wir können auch sonst in manchem nicht »mit«, das heißt ihm nachfolgen. Hoffen wir, daß er uns »zieht«, wenn er uns aufgeht als Morgenröte an jenem Abend...

Einmal war einer meiner Besucher auf dem Weinberg von diesem »wunderbaren Plätzchen« so begeistert, daß er zu mir sagte, er würde sich an meiner Stelle an dieser Stelle auch einmal bestatten lassen, und er hatte auch gleich einen konkreten Vorschlag für mein individuelles Privatgrab neben dem Haus »auf eigenem Grund und Boden«. Nein, bitte nicht doch, sagte ich abwehrend. Auf dem Weinberg Josef Weinheber nachspielen, der sich bekanntlich hinter seinem Haus in Kirchstetten beerdigen ließ? Ich bin kein Lyriker, sondern Prosaschreiber ...

Als ich im Jahr 1971, jenem schon wiederholt angesprochenen wichtigen Jahr in meinem Leben, in Salzburg eine Lehrstuhlvertretung des Altgermanisten und Sprachwissenschaftlers Ingo Reiffenstein, der Rektor geworden war, wahrnahm, lernte ich dort auch die Tochter der Mutter des Sohnes von Josef Weinheber, also die Halbschwester des Weinhebersohnes Christoph Janota-Weinheber, Gabi Stadler kennen ... So kann man es ausdrücken, oder so muß man sich erklären, wenn die Familienstandsverhältnisse etwas komplizierter liegen als in meinem Fall. Dieser Bekanntschaft aber verdanke ich zwei herrliche Tage im Weinheber-Haus in Kirchstetten. Es waren prächtige Sommertage, aber unser Glück war nicht nur meteorologisch bedingt. Ich erinnere mich etwa ans Federballspielen in der Nähe des Weinhebergrabes im hinteren Teil der Liegenschaft. Und wenn wir auch einen gehörigen Abstand zur letzten Ruhestätte des großen, unglücklichen und widersprüchlichen Dichters hielten und auch nicht ausgelassen oder pietätlos laut waren, so waren wir natürlich in unserer Freizeitkleidung doch alles andere als Friedhofsbesucher. Gabis Schwester hatte einen natürlichen Hang zum Ablegen. Und sollte uns einmal ein Ball abgeschmettert und auf die Tumba geflogen sein, so hat Weinheber dies sicher auch nicht gestört. Wer sich abseits der üblichen ausgeschiedenen und buchstäblich »exterritorialen« Friedhofsgelände beisetzen und »beerdigen« läßt, hat oder hätte es vielleicht sogar ganz gern, wenn es um ihn oder seine sterblichen Überreste nicht immer nur pompfünebrisch und leichenbitterisch zugeht, sondern lebendig. Das mag gerade der Gedanke sein, der hinter einem solchen Wunsch nach einer dislozierten Grablege liegt. Laßt muntere, junge Menschen um mich sein. Mir persönlich würde es auch nichts ausmachen, wenn dereinst über mir etwa Landwirtschaft betrieben würde, in meinem Fall, im Falle des Möchtegernagrariers, wäre dies sogar sinnvoll und stilvoll. Und ohne makaber sein zu wollen, könnte man auf diese Weise als Beerdigter am »Segen der Erde«, dem Wachsen und Ernten sogar noch ein wenig mitarbeiten, jedenfalls indirekt mitwirken. Es gibt Menschen, die vermachen ihren Leichnam der Anatomie, warum sollte man sich nicht auch der Bodenkultur widmen, das heißt *dedizieren!* Es geht nichts verloren nach dem Gesetz von der Erhaltung der Energie.

Weinhebers Grab hatte bekanntlich auch den Segen der Kirche. Obwohl Weinheber, den es zwischen den Konfessionen und der Konfessionslosigkeit »hin- und hergerissen« hatte, zu guter Letzt und letzten Endes eigentlich und genaugenommen o. B. war (nachdem er, wie gesagt, r. k. und A. B. gewesen war), wurde im Sterbebuch von Kirchstetten vom zuständigen Pfarrer *reversus in corde* geschrieben. Er sei also im Herzen heimgekehrt. Heimgegangen und heimgekehrt, wobei freilich die besonderen Umstände seines Heimganges immer noch fraglich sind. Es muß nicht Selbstmord gewesen sein, wenngleich er wahrscheinlich, jedenfalls nicht unplausibel ist.

Reißen wir uns los vom Gottesacker! Dies ist das Jahr des Eisvogels und nicht des Kauzes, des unheimlichen Trauer- und Totenvogels, dessen geheimnisvoller, dunkler Ruf uns so erschreckt hat. »Los, der Teodenvogel!«, sagte meine Mutter mit großer Betroffenheit, als wir einmal von Aichmühl über den Wundersberg nach Salling in der Gemeinde

Gunskirchen gingen, an einem Waldrand, als plötzlich der charakteristische Wehlautruf vernehmbar war. Horch, der Kauz! Sie war, obwohl sie nicht abergläubisch, sondern tief gläubig war, doch überzeugt, daß der unvermittelte Ruf des Kauzes etwas bedeutet, und zwar nichts Gutes. Vieles an Naturerscheinungen in Pflanzen- und Tierwelt hat seinerzeit etwas besagt und bedeutet, was uns nichts mehr sagt und bedeutet. Dadurch sind wir weniger geängstigt, aber doch auch um viele Geheimnisse ärmer und um Mythen gebracht worden. Jacob Grimm beschreibt in seiner »Deutschen Mythologie«, die eigentlich eine Mythologie des Abendlandes ist, den ganzen Reichtum an Vorzeichen und Zeichen, die die Tiere, namentlich die Vögel und im besonderen die sogenannten Leichenvögel, den Menschen geben. Der Kauz war den Menschen die »Grabeule«. Was mich betrifft, so habe ich als Kind gerade bei Totenmessen gern ministriert. Als einem ernsten Kind, das ich war, kam mir der Ernst so vieler Menschen, ungeachtet des Schmerzes der nahen Angehörigen und Hinterbliebenen, immer viel würdiger und geziemender vor als die oberflächliche und banale Ausgelassenheit zu anderen Gelegenheiten. Alles hat seine Zeit. So war ich wohl selbst auch mein Leben lang ein wenig Kauz und kauzig. Unter diesem Vorzeichen scheint auch mein Saarbrückener Lehrer, der Altgermanist und Sprachwissenschaftler Hans Eggers, meine erste Seminarankündigung nach meiner Habilitation im Jahr 1971 mit Befremden gesehen zu haben. Er schüttelte den Kopf und sagte bedenklich: Ob das das Wahre ist, mit einem solchen Thema seine Lehrtätigkeit zu beginnen? Ich aber blieb dabei. Wozu hatte ich schließlich jetzt die *venia legendi?* Ich vertrug keine Einrede! Ich hatte nach dem Tod von Günter Eich, von dem ich, wie gesagt, auf der Frankfurter Buchmesse erfahren hatte, mei-

nen ursprünglichen Plan umgestoßen und mich für dieses Thema entschieden: »Krankheit und Tod in der deutschen Literatur des 20. Jahrhunderts«. Bei den Vorbereitungen aber stieß ich auf eine Warnung Thomas Manns, die ich freilich schon überhört und nicht befolgt hatte: »Der Mensch soll um der Liebe und Güte willen dem Tod keine Macht über seine Gedanken einräumen ...« Fragt sich freilich, ob es im Ermessen des Menschen liegt, Raum zu geben und »einzuräumen«, oder ob sich der Tod nicht eigenmächtig bedient ... Und auch heute noch kommt es mir manchmal vor, daß etwa eine bedeutende Persönlichkeit gestorben sein muß, damit das Radioprogramm halbwegs auf Niveau kommt, auf das Niveau des Deutschen Requiems von Johannes Brahms. Damit endlich sogar in Ö 3 das dort offenbar durchgehend stattfindende Witzeln und Plaudern eine kurze Pause macht. Im übrigen reden wohl die jungen Dozenten von Krankheit und Tod in der Gegenwartsliteratur, weil der junge Mensch nach einem Bonmot von Thomas Bernhard nicht an die Unsterblichkeit *glaubt*, sondern unsterblich *ist*. Jedenfalls verstehe ich heute meinen Lehrer Eggers mit seinem Mißfallen an meinem Thema besser als damals. Er hatte nicht nur den sogenannten »Heldentod« als Soldat im Zweiten Weltkrieg vor Augen gehabt, sondern als älterer Mensch wie alle Menschen den »normalen«, den »gewöhnlichen Schrecken« näher vor sich als ich.
Es ist der 21. April in diesem Jahr 1 nach meiner Ehrenbürgerschaft geworden, 1999 nach allgemeiner Zeitrechnung. Zeit zur Aussaat und zum Aussetzen. Darum hat mich gestern der Bürgermeister von Pichl angerufen und angefragt, ob ich mich inzwischen für einen Platz für jene Eiche entschieden hätte, die mir von der Gemeinde am 5. Dezember als Antwort auf meinen Text »Der Christ-

baum« geschenkt worden und in der Zwischenzeit im Bauhof der Gemeinde gelagert war. Sie soll entsprechend meinem Willen, meinem »letzten« Willen sozusagen, weil ich zwischendurch an andere Plätze in der Nähe meines eigenen Hauses gedacht hatte, nun definitiv neben mein Elternhaus in Aichmühl gesetzt werden, schräg gegenüber der nach dem Krieg beseitigten »Mikö-Oacha«. Dort gehört sie hin, das ist ihr angestammter Platz. Dort, wo die Mikl-Eiche wirklich stand, steht heute ein Haus. Außerdem soll man bekanntlich keinen Baum an einer Stelle nachsetzen, wo vorher schon derselbe Baum (Identität der Gattung) gestanden hatte. Ich weiß es, weil ich schon einmal mit einem Nußbaum gegen diese Regel verstoßen habe und noch daran leide, wenn ich den Kümmerer an dieser Stelle gegen den Geist des Vorgängers kämpfen sehe. Das Erdreich unter ihm ist offenbar bereits »einschlägig« ausgenützt und ausgebeutet. Hier hätte vielleicht ein Birnbaum gut sein und stehen können, ein Nußbaum aber nicht, nicht mehr oder noch nicht. Es ist in der Natur ähnlich wie in der Stilistik: *variatio delectat,* mich erinnert diese biologische Regel, dieses Bauernprinzip der »Fruchtfolge« mit Winter-, Sommergetreide, Klee und Brache, an eine Generationsregel, die geheißen hat: Nicht nachtaufen! Gemeint war damit, daß man einem Kind keinen Namen geben soll, den ein anderes Kind der Familie, das gestorben ist, getragen hat. Und früher war die Kindersterblichkeit bekanntlich höher als heute. Einmal hat eine Bekannte, die selbst Aloisia hieß, gegen diese »Bauernregel« verstoßen und zwei Söhne hintereinander Alois taufen lassen, was meine Mutter mißbilligt hat, weil so etwas kein Glück bringe, sagte sie. Mit dem Kind war sozusagen der Name gestorben und vorübergehend »untragbar« geworden. Dahinter steht wohl eine Namenmagie.

Eine solche Liebe gerade zum Namen Alois ist heute an und für sich ganz unerhört. Weil ich über meinen zu mir passenden, im übrigen aber heute sehr unbeliebten Vornamen einmal einen Text geschrieben habe, werde ich von Zeit zu Zeit aus der näheren Umgebung und auch aus der Ferne mit »aloisianischen Nachrichten« bedacht. So hat mir gerade jemand geschrieben, daß in einer oberösterreichischen Pfarrei der dortige Pfarrer schon vor längerer Zeit tausend Schilling für jene Eltern ausgelobt hat, die ihren Sohn auf den Namen Alois taufen lassen, daß aber bisher alles nichts gefruchtet habe. Es will und will niemand seinen Sohn Alois nennen.
Zu meinem 60. Geburtstag bekam ich übrigens ein besonders schönes Bild, die Kopie eines besonders schönen Bildes meines Namenspatrons »S. Aloisius Gonzaga S. J.«. Laut lateinischer Unterschrift ein »zeitgenössisches Gemälde« aus der Bildersammlung des Schlosses Ambras, das heute im Kunsthistorischen Museum der Stadt Wien aufbewahrt wird. Es zeigt in der Mitte eines kreisrunden, ganz dünn gezogenen Heiligenscheins den Kopf eines vielleicht vierzehnjährigen Knaben mit kurzen, anliegenden, links gescheitelten Haaren, ernst, aber freundlich, mit großen, dunklen Augen, von einer wahrhaft edlen Würde. Der Kopf erhebt sich aus der bis zum Kinn reichenden, gerafften Halskrause. Gekleidet ist der Sohn und Erbprinz des Markgrafen Ferdinand von Mantua in ein helles Obergewand mit weinroten oder ziegelroten Bordüren an den Leisten der Ärmel und der Knopfleiste.
Nicht nur dieses Bildgeschenk hat mich wieder einmal daran erinnert, daß ich längst eine Fahrt, eine Wallfahrt nämlich, nach Mantua antreten wollte, um »an Ort und Stelle« dem heiligen Aloisius zu huldigen und zu ihm zu beten. Denn immer versprach und verspreche ich mir

Wunder von jenen Ortschaften, den Schauplätzen der Heilsgeschichte, den Geburtsorten der wirklich Großen, der heiligen Wohltäter. Mein Assisi ist Mantua. Ich denke an die Gonzagastadt ähnlich wie Walther von der Vogelweide an das Heilige Land in seinem »Palästinalied«. Und ich wußte, daß ich mich einmal aufmachen würde, um den Ort zu betreten, »da der Heilige trat«. Das sozusagen heilige Jahr des Luigi di Gonzaga, das Jahr 1992, als der Papst Mantua besuchte, hatte ich freilich unverrichteter Dinge, das heißt ununternommener Reise, vorübergehen lassen. Das entspricht auch einem Charakterzug von mir, daß ich selten die allgemeinen Termine und Gelegenheiten wahrnehme. Ich habe mich mein ganzes Leben lang antizyklisch verhalten. Die sensationellen Bestseller etwa lese ich niemals gleich nach ihrem Erscheinen, sondern mindestens mit fünfjähriger Verspätung. Ich kann mich darum nie am allgemeinen öffentlichen Gespräch beteiligen. Und wenn ich dann darüber, über ein Buch etwa, sprechen möchte, spricht keiner mehr darüber, weil jene »Neuerscheinung« längst passé ist und von anderen sensationellen Publikationen »überholt«. Erst unlängst schickte ich mich an, das Buch »Der Name der Rose« von Umberto Eco zu lesen … Italien also stand mir nun nach meinem runden Geburtstag bevor. Ich hatte mich und meine Reiseunlust und Ortsveränderungsscheu überwunden und mich für Gastvorlesungen an der Universität Genua bereit erklärt, die ich im Mai 1999 zu absolvieren hatte. Eine gute Gelegenheit, endlich auch Mantua zu besuchen. Das würde von Genua aus ein leichtes sein, sozusagen nur ein Abstecher, sicher kein »Jakobsweg«, wie ich ja überhaupt die Bahn zu benützen gedachte. Wer wie ich als Sechzehnjähriger mit dem Fahrrad nach Rom gefahren ist, hat nun als Sechzigjähriger sicher das Recht, mit der Bahn nach Mantua zu fahren …

An meinen Gastaufenthalt in Genua hatten sich freilich bereits andere, lange geplante Italientermine angeschlossen, so eine Lesung in Iesi bei Ancona, der Geburtsstadt des Staufferkaisers Friedrich II., und eine solche in Rom, an einer Sprachschule, die eine ehemalige Studentin unserer Universität in Klagenfurt betreibt, vermittelt vom Österreichischen Kulturinstitut. Gleich als ich meine Reiseroute festlegte und mir einen eigenen Fahrplan von Klagenfurt über Venedig, Bologna, Ancona, Rom und Genua aus dem Kursbuch herausschrieb, plante und terminisierte ich die Pilgerfahrt nach Mantua. Erzählte ich irgend jemandem von meinem Mantuaner Vorhaben, so war die erste Vermutung immer, ich wandle auf Andreas Hofers Spuren, dessen Spur sich bekanntlich in Mantua verliert, wo man ihn am 20. Februar 1810 hingerichtet und erschossen hat, nachdem er und sein Fluchtort auf der Brantacher Alm im Passeiertal von Peter Raffl für 1500 Gulden an die Franzosen verraten worden war... »Zu Mantua in Banden der treue Hofer lag...« Nun, auch dieses Lied, das wir schon als Kinder oft gesungen haben, ging mir immer sehr nahe, und so wollte ich auch dem treuen Hofer »den Hof machen«, aber an erster Stelle stand für mich der Renaissancehof der Gonzagas und vor allem die Erinnerung an den treuen Aloisius, der der Lebensart, ja der Lebensunart der Renaissance, der Brutalität und schonungslosen »Selbstherrlichkeit«, der damaligen Form der »Selbstverwirklichung« absolut nicht entsprach, so daß er zum härtesten Vorwurf für seine hocharistokratische Familie wurde, die sich an ihm kein Beispiel nehmen wollte, bis er in Rom bei der Pflege der Pestkranken starb und zuletzt nicht die »Ehre des Hofes«, sondern die »Ehre der Altäre« erhielt. Wie man nun in Mantua das Andenken an den Prinzen Castiglione, wo die Gonzagas der Aloisius-Linie mit jener des Markgrafen bekanntlich in Konflikt waren, wobei der zwanzigjährige Prinz als Schiedsrichter für Frieden sorgte, ehrte, war mein zentrales und eigentliches Interesse. Österreich-Tangenten gab es neben dem Hofer-Schicksal in Mantua natürlich auch im Zusammenhang der Gonzagas selbst.

Nach mancherlei Vorüberlegungen trat ich schließlich Anfang Mai von Klagenfurt aus per Bahn meine »Italienische Reise« an. Der erste Teil der Reise mit dem »Romulus« bis Bologna war angenehm und wurde vor allem im Speisewagen verbracht. In Bologna aber hieß es umsteigen, und zwar in einen Zug, der sich alsbald mit Besuchern des Automobilrennens in Imola füllte, das an diesem Tag stattgefunden und für Italien, das heißt die Firma Ferrari, und den deutschen Fahrer Michael Schumacher triumphal geendet hatte. Das setzte bei den Motorsportanhängern natürlich viel Emotion und Ausgelassenheit frei, und die Fans kannten kein Halten mehr. Es fand das sogenannte große Ausrasten statt. Jetzt galten andere Gesetze und die Fahrdienstordnung als suspendiert. Neben mir warf sich ein Begeisterter in den Polstersessel der ersten Klasse, für die er sicher keine Lizenz und Permission hatte, aber nach Recht und Ordnung, Sitte und Anstand fragte in dieser Stunde des Triumphes natürlich niemand mehr. Was heißt hier Siegen, Überleben war alles, wie die Schaffner und das Dienstpersonal den Zug ganz sich selbst über- und alles Kontrollieren unterlassen hatten. Mein neuer Nachbar lümmelte sich nicht nur, auch andere Mitreisende anrempelnd, in den Sitz, er warf auch gleich ein Kofferradio an, aus dem eine Musik kam, die ich als höllischen Lärm bezeichnen würde und sicher die Fortsetzung des Lärms der Boliden mit anderen Mitteln darstellte: Schwermetall ... Hatte ich mich vorher auf meine Genueser Lehrveranstaltung über das österreichische Deutsch in der österreichischen Gegenwartsliteratur vorbereitet und mir vor allem zum Roman »Wie kommt das Salz ins Meer« und dem Erzählungsband »Der Himmel ist süß« von Brigitte Schwaiger Notizen und Exzerpte gemacht, so war nun an ein Arbeiten, ja auch an Lektüre nicht mehr zu denken, mit der »Stillbeschäftigung«, die ich über alles liebe, war es nun vorbei! Zu den Tifosi und Autonarren kam nämlich alsbald, an einer der Stationen nach Bologna, eine Gruppe junger Mädchen und Frauen unterschiedlicher Herkunft, in der Mehrzahl wohl Asiatinnen, die ganz offensichtlich weiter südlich, in der Gegend von Rimini, Arbeit in einem gewissen Metier suchten. Denn wie sie gekleidet waren, vor allem nämlich spärlich, das machte deutlich, daß sie sich im Ernteeinsatz befanden. Sie zeigten viel freie Natur. Und da sie mit ihren Reizen nicht geizten, stellten sie natürlich auch eine große Ablenkung dar, auch wenn sie sich im Gegensatz zu den Motorfans zivilisiert und ruhig verhielten. Obwohl aber nun der ganze Großraumwagen sich selbst überlassen blieb und sozusagen ungebremst und unkontrolliert durch die Nacht fuhr, kamen plötzlich doch zwei Carabinieri, um gerade jene Mädchen und Dienerinnen der Liebe recht lieblos zu filzen. Sie wollten sichtlich nicht vorhandene Pässe oder Sichtvermerke in diesen besichtigen, Arbeitserlaubnisse oder Aufenthaltsgenehmigungen vidieren. Das Chaos jedenfalls war vollkommen, eine wahre babylonische Sprach- und Sachverwirrung, und es schien, als ob die Ordnungshüter selbst froh gewesen wären, als die Mädchen in Cesenatico den Zug verließen, unverrichteter Dinge, wenn man so sagen kann, jedenfalls in Hinblick auf die Arbeit der Ordnungsmacht, die sich noch nicht durchgesetzt hatte, als sich die Mädchen absetzten. Die Tifosi aber tobten weiter, und es setzte einige Akte von Vandalismus, für die sich die Carabinieri aber nicht zuständig fühlten. Vandalismus oder Ruhestörung, auch Erregung öffentlichen Ärgernisses war nicht ihre Zuständigkeit. Jedenfalls hatte, wie ich mich später überzeugen mußte, einer im Siegesrausch die Klomuschel zertrümmert und so aus einem Sitzklo ein italienisches Stehklo erzeugt. Die Keramik lag am Boden zerstört. Was treibt einen Menschen zur Zerstörung? Vorerst denkt man dabei wohl an die Niederlage und an die aus ihr resultierende Depression, es könnte freilich auch sein, daß der Sieg und der aus ihm kommende Übermut ganz ähnlich katastrophale Folgen zeitigt, so wie ja sowohl Sieg als auch Niederlage ein guter Grund zum Trinken sind. Der Alkohol ist in jedem Fall und bei jedem Spiel im Spiel. Und man wird wohl wissen, warum man bei Fußballspielen Bier nur in Bechern verkauft. Flaschen aus Glas sind den Spielern und vor allem den Schiedsrichtern nicht zuzumuten.

Eines der wenigen Sprichwörter, die ich sogar auf griechisch kenne, heißt: *He nike timen pherei*, auf deutsch: Sieg bringt Ehre. Mit »Ehre« ist *time* freilich nicht ganz zutreffend übersetzt, denn in diesem Wort *time* steckt mehr als die Ehre und die Achtung, die dem Sieger entgegengebracht werden, es enthält auch die Furcht vor den Siegern. *Vae victis!*, sagten die Römer, »Wehe den Besiegten«. Das ist die Kehrseite. Es entsteht durch all den Kampf nichts Gutes, so oder so. Jedenfalls konnte man in jenem Abendzug nach Ancona das Fürchten lernen. Mir war durchaus wie einem, der auszog, das Gruseln zu lernen. Das weitaus Gruseligste in jenen Tagen waren freilich nicht die heimkehrenden Schlachtenbummler aus Imola, sondern die Nacht für Nacht vom Militärflughafen bei Ancona startenden NATO-Bomber, die Belgrad und Novi Sad bombardierten. Auf viele Mauern in Italien sah ich in jenen Tagen NATO ASSASSINI gesprüht. Und auch wenn man der Überzeugung war, daß die sogenannten ethnischen Säuberungen der Serben im Kosovo verhindert werden müssen und dem Diktator in den Arm gefallen werden muß, machten die Pressekonferenzen der NATO in Brüssel mit den Sieges- und Erfolgsmeldungen, kühl und selbstbewußt vom Pressesprecher vorgebracht, einen wirklich schrecklichen und erbärmlichen Eindruck. So ekelerregend der Ausdruck »ethnische Säuberung« ist, so zwiespältig, um es nun milder auszudrücken, klang in meinen Ohren auch die »humanitäre Aktion« der NATO. Vor allem fand ich seltsam, daß man dem Aggressor nicht dort in den Arm fiel, wo dieser Arm wütete, an Ort und Stelle nämlich im Kosovo, sondern im »Hinterland« Bomben schmiß. Die übermächtige NATO kann natürlich buchstäblich tun, was sie will. Im Altertum gab es den Ausdruck *Pax Romana* für eine Befriedung nach römischen Vorstellungen und Konditionen. Franz Josef Strauß sprach in der Zeit des Kalten Krieges gern von der *Pax sovietica*, vom Frieden also, den die Russen »machten«. Auf dem Balkan aber wurde von Italien her, Ancona und Piacenza, die *Pax Solana* herbeigebombt. Und der deutsche Außenminister Joschka Fischer, seines Zeichens grüner Realo, hat bei dieser Pazifizierung mit unfriedlichen Mitteln tatkräftig mitgewirkt und dabei einen Teil seiner pazifistischen Ehre und Unschuld eingebüßt, wenn er durch die schließliche *nike*, den Sieg also, schon auch viel *time*, Ehre und Achtung, erworben hat, wenn auch nicht bei seinen eigenen Parteifreunden. Bei ihnen hat er vermutlich mindestens Spott geerntet. Wer so viel Schaden macht, braucht für den Spott nicht zu sorgen.

Ganz grundsätzlich hatte ich mir im wesentlichen von Anfang an, was die Situation am Balkan betrifft, die Meinung der »Frankfurter Allgemeinen Zeitung« und ihres Leitartiklers in diesen Fragen, Johann Georg Reißmüllers, zu eigen gemacht, die sich bekanntlich weitgehend auch die deutsche, ja europäische Politik zu eigen gemacht hat. Das hieß etwa auch im Sinne des ehemaligen österreichischen Außenministers Alois Mock: Anerkennung von Slowenien und Kroatien als eigene und selbständige Staaten, und dies möglichst bald, um ein noch größeres Schlachten und Gemetzel zu vermeiden. Das war sicher staatsmännisch gehandelt und weitsichtig. Es gab keinen Tito mehr, der das Großreich der Südslawen zusammenhalten hätte können, und es war auch keiner wie er zu wünschen ... So kam ich mit meiner nicht besonders originellen politischen Ansicht wieder einmal in Widerspruch zu Peter Handke, der sich ja nun bekanntlich ganz anders »artikuliert« hat und in seinem in der »Süddeutschen Zeitung« abgedruckten und auch als Buch erschienenen Serbien-Essay mit heftiger Aversion gegen die FAZ und den »Meinungsmacher« Johann Georg Reißmüller angeschrieben hat. Auch Außenminister Mock, wie Reißmüller Ehrendoktor der Universität Agram, kommt bekanntlich bei Handke »nicht gut weg«. Ich treffe freilich hier in Kärnten immer wieder slowenische Freunde, die mit Handkes politischen Anschauungen nicht gerade wunschlos glücklich sind, so sehr sie ihn auch als Schriftsteller schätzen. So jedenfalls geriet ich wieder einmal in Gegensatz zu Handke, der ich mich aber im Gegensatz zu ihm aktuell nicht verlauten ließ und erst hier und jetzt, also *post festum*, *post certamen*, meinen Senf dazugebe. Ich weiß freilich auch, daß es mir an *time*, griechisch gesprochen, fehlt und daß sich die Neugier auf meine eher übliche, an einer »allgemeinen« Zeitung orientierten Meinung in Grenzen gehalten hätte. Immer wieder lese ich

auch Leserbriefe, die ganz oder fast ganz genau meine Ansicht formulieren. Dann bin ich immer beruhigt und froh, daß ich zur Tagesordnung übergehen und mich etwa der alten Literatur über den Eisvogel widmen kann.
Zu meinem Erstaunen erlebte ich im Sommer vor meinem 60. Geburtstag und meiner »Erhöhung« zum Ehrenbürger der Gemeinde Pichl bei Wels in Pichl bei Wels, wo mich Johann Georg Reißmüller in meinem Haus auf dem Weinberg besuchte, daß auch er, dieser kenntnisreiche, politisch erfahrene und prinzipienfeste Mensch, nichts lieber tat, als Urlaub von der Politik, jedenfalls der Tagespolitik zu nehmen. Wir haben wohl weit mehr über die Natur, Bäume und Tiere und auch das Wetter gesprochen als über Sarajewo. Viel Wichtiges war uns nicht und viel »Unwichtiges« war uns der Rede wert ... Und natürlich war es für mich von besonderem Reiz, einen politisch so »Entschlossenen«, auch »Streitbaren« und Umstrittenen in herzlicher Stimmung von Privatheit und Entspanntheit zu erleben, wenn das »Grundsätzliche« auch hier seine Rolle spielte. So erinnere ich mich etwa an Reißmüllers gequälten Aufschrei, als ihm mein Bruder von den »Tomaten« sprach, statt das österreichische Wort »Paradeiser« zu verwenden ... Als Altösterreicher aus Leitmeritz wollte er das alte Österreichisch, das besondere österreichische Deutsch gesprochen hören, wie ihm eine gewissermaßen weltanschauliche Reserve gegenüber Deutschland jenseits der Mainlinie, dem »Weißwurstäquator«, gegenüber den »Nordlichtern« als halbernstes Spiel zu eigen ist. So erlebte er in diesem sprachlich und von seiner Lebensart her amerikanisierten Oberösterreich viel Disparates und Unpassendes, sozusagen Unschickliches, Stilloses von niedriger Lebensart. Aber, was die Natur betraf, erlebte er dann doch etwas Unerhörtes, das ihn sicher für viele Schrägheiten der »Kul-

tur« entschädigte. Ich stand mit meinem älteren Bruder, der die Mühle meines Geburtshauses betreibt, auf dem Mühlplatz, während sich Reißmüller entfernte, um nach dem Innbach das Ufer ein Stück bachaufwärts zu gehen. Von diesem Ausflug nun, diesem kleinen Abstecher, kam er wie verändert und verwandelt zurück. Er näherte sich uns wie einer, der ein Erweckungserlebnis oder eine seelisch sehr berührende Erscheinung gehabt hatte, eine Vision. Und um eine Vision handelte es sich auch wirklich. Er sagte: »Stellen Sie sich vor, was ich eben am Bach gesehen habe: den Eisvogel!« Und es klang in meinen Ohren wie: den Heiligen Gral. Später erzählte er auch noch, daß er eine Bisamratte erblickt hatte. Auch sie war ihm erwähnenswert, aber der Eisvogel, den auch er, der viel in der Natur und um die Wege ist, lange, seit seiner Kindheit nicht mehr gesehen hatte, stellte die Bisamratte natürlich weit in den Schatten. Später berichtete ich dem »Präsidenten« des Verschönerungsvereins meiner Heimatgemeinde von der Begegnung Reißmüller – Eisvogel und bat ihn, dies zu Protokoll zu nehmen. Jedenfalls bestätigte sich so ein weiteres Mal das Wiedererscheinen des lange als verschollen gegoltenen Eisvogels. Soviel ich aber nun selbst immer Ausschau gehalten, hat mich der Eisvogel, der gute alte Eisenkeil, doch noch nicht seiner Erscheinung gewürdigt. Er kümmert sich offensichtlich nicht um Ehrenbürgerwürden. Natürlich wäre es eine ganz besondere Auszeichnung für mich, wenn er sich einmal auf jener Eiche, die die Gemeinde mir zu Ehren inzwischen in der Nähe des Wehrs an der Mühle meines Vaters tatsächlich gepflanzt hat, niederlassen möchte. Aber vermutlich ist es ihm dort zu ungeschützt und zu hell. Er liebt das Helle und schon gar das Grelle nicht, verbirgt sich lieber im Dämmer und Schatten des Ufergebüschs und Gestrüpps, wenn er nicht überhaupt

seine Alcedonien hält und in seinem Erdloch hockt und der »Stillbeschäftigung« huldigt.
Der Präsident des Verschönerungsvereins, der pensionierte Schuldirektor Hermann Schönmayr, der auch ein Fachmann für Volkslieder und Volkstanz ist, hat mir inzwischen den Text und die Noten eines alten Volksliedes vom Eisvogel, der dort mundartlich Eisenkeil, im besonderen in der Verkleinerungsform *Eisenkeierl* heißt, zugeschickt. Auch andere Freunde, die von meinem Thema Wind bekommen haben, schicken mir neuerdings Gedichte oder Bilder, in denen der Eisvogel vorkommt. Es tut sich also etwas: Es fliegt, es fliegt der Eisenkeil. Hoffentlich aber verduftet er nicht wieder, wenn er von alledem Wind bekommt, wie er es schon einmal getan hat, für einige Jahrzehnte.
Die Form *Eisenkeierl* für *Eisenkeil* muß dem Sprachbetrachter natürlich besonders zu denken geben. Es handelt sich beim Diminutiv nicht nur um eine Verkleinerungs-, sondern vor allem um eine Koseform, und sie steht einem so kleinen und flinken, scheuen und keuschen und treuen Vogel sicher gut an. Die Positivform *Eisenkeil* ist ja auf eine ironische Weise unpassend für den schmächtigen Vogel. Sie würde unironisch höchstens für einen Greifvogel, den Adler oder einen anderen Macho, der wie ein Eisenkeil über den Holzklotz kommt, angemessen sein, wenn man auf die Härte des Metalls abstellt und die Farbe einmal unberücksichtigt läßt, die bei der Benennung des Eisvogels ausschlaggebend gewesen sein muß, der blaue Schimmer. Mit der Verkleinerungsform *Eisenkeilchen* beziehungsweise *Eisenkeierl* hat die Sprache den Fehler der Disparatheit sozusagen repariert und wiedergutgemacht. Das Diminutiv tut dem Hascherl von Vogel, dem Vöglein eben, weniger unrecht als das Positiv, das, wie gesagt,

einem Raubvogel oder einem »im Kern« harten, eisen- oder stahlharten Kerl gut anstehen möchte, einem Rambo. Ein kleiner Räuber ist der Eisenkeil freilich auch, wovon man sich in der Universum-Sendung überzeugen konnte, wo man ihn beim Fischen ablichtete. Ohne Mord und Totschlag ernährt sich, so gesehen, kein Tier. Und Tiere sind bekanntlich auch dann Tiere, wenn sie keine großen Kulleraugen haben, mit denen sie uns Menschen treuherzig ansehen. Tiere und Gottesgeschöpfe sind nicht nur die Nützlinge, sondern geradeso die sogenannten Schädlinge, zu denen man je nach Perspektive sicher auch den Menschen oder doch gewisse Menschen rechnen muß, die etwa den Tieren böse zusetzen und sie unnötig quälen. Tiere sind auch jene Winzlinge von Insekten, die sozusagen unbemerkt verschluckt werden. Der Mensch und auch der gute Mensch in Gestalt des Tierschützers hat ja eine sehr selektive Wahrnehmung des Animalischen, voller Widersprüche. Wie hat etwa Albert Schweitzer, der große Arzt, Menschenfreund und Friedensnobelpreisträger, die Menschen schließlich irritiert, als er plötzlich eine bestimmte Art von Medizin, die viel Tierleid erzeugt, verlangt oder toleriert, nicht mehr anwenden wollte ... Der Tierschutz ergreift in der Regel aber immer wieder nur Partei für gewisse Tiere. Auch er hat seine Tierlieblinge und Lieblingstiere. Er kann sich natürlich nicht um alle kümmern.

Zufälle gibt es! Wie soll ich es verstehen, daß mich gerade eine kleine Gruppe von Auslandsösterreichern in Iesi bei Ancona zu einem Vortrag eingeladen hat? Iesi aber ist für mich nicht nur mit dem auf Iesi sich reimenden und dort geborenen Pergolesi, den Komponisten mit dem ergreifenden »Stabat mater«, in zwingender Assoziation verbunden, sondern, wie schon erwähnt, vor allem mit Friedrich II., dem Staufferkaiser, über den ich viel gelesen und auch manches geschrieben habe. Er spielt ja auch in der Literaturgeschichte des hohen Mittelalters eine große Rolle. Und immer, wenn etwa im Zusammenhang des sogenannten »Falkenliedes« des Minnesängers Kürnberger oder dem Falken, der in der ersten Aventiure des Nibelungenliedes vorkommt, als Kriemhild ihre Mutter Ute bittet, ihr einen Traum zu deuten, in dem ein Falke von zwei Adlern geschlagen wird, von der Beizjagd gesprochen wird, wird das berühmte Buch »De arte venandi cum avibus«, »Über die Jagd mit Vögeln«, von Friedrich II. zitiert und als realienkundlicher Hintergrund für die literarische »Falknerei« bemüht. In Iesi wurde Friedrich am 26. Dezember 1194 geboren, am 13. Dezember 1250 starb er. Das Jahr 1999 war nun nicht nur wegen meiner Ehrenbürgerschaft von Pichl ein besonderes Jahr, es war vor allem das Jahr, in dem man in der Gruft des Domes von Palermo den Sarg Friedrichs geöffnet hat ... Ich habe darüber große Berichte gelesen, aber den Eindruck gewonnen, daß die Rätsel und Geheimnisse um Friedrich, deren Enthüllung man sich von dieser Aktion versprochen hatte, nicht gelöst wurden. Er hat viele Geheimnisse ins Grab mitgenommen, wie man sagt, aber das Grab gibt sie nicht mehr her, wie ich sage. Einig ist man sich im Urteil über Friedrich, den *stupor mundi*, also den »Schrecken der Welt«, daß er eine hochbedeutende Persönlichkeit war – die einen sagen aber »hochbedeutend« im Positiven, als liberaler Geist, der seiner Zeit weit voraus war, auch als der erste Verhaltensforscher, als der er sich im Buch über die Beizjagd zeigt, als genialer Machtpolitiker, die anderen sagten freilich, und viele sagen es wohl noch immer, »hochbedeutend« im Sinne von unheimlich, grausam, gotteslästerlich. Und es lassen sich wohl wirklich für jede dieser Meinungen Quellen zitieren. Was die Grausamkeit betrifft, so existiert ein

Dokument, das tatsächlich horrend ist: Friedrich ordnet also an, was mit einer der norditalienischen, wie wir heute sagen würden: einer der lombardischen Städte, die sich aufsässig und abtrünnig gezeigt und feindselig verhalten haben, geschehen soll, wenn man sie eingenommen und für den Kaiser zurückgewonnen hat. Man solle etwa, nur um anschaulich zu sein, erwähne ich es, den jungen Männern die Hoden ausreißen. Und er nennt noch andere Strafsanktionen, die auch nicht von schlechten Eltern sind. Es hat sich also nicht viel geändert, wenn nur einiges von dem stimmt, was man über die »ethnischen Säuberungen« und die anderen Brutalitäten neuerdings vom Balkan berichtet hat. Die martialischen Bestialitäten, wenn man so sagen darf, ohne den Tieren, den *bestiae* und Mars unrecht zu tun, die im Zusammenhang der vielen Eroberungen und Rückeroberungen Friedrichs berichtet werden, könnten gewissermaßen, wenn ihn nicht einfach die (päpstliche) Gegenpartei schlechtgemacht hat, die auch immer geäußerte Vermutung und den Verdacht nahelegen, Friedrich sei gar nicht der Sohn der Constanze, sondern wirklich das Kind eines Metzgers oder Fleischhauers gewesen, mit dem die Fleischersgattin gleichzeitig mit Constanze in Iesi niedergekommen sei. Ihr Kind aber sei Constanze, deren Kind totgeboren gewesen sei, schließlich unterlegt und untergeschoben worden. Ob diese genetische oder generische Vermutung, diese unbewiesene und auch wie ein Schauermärchen angelegte Behauptung hinreicht, gewisse Härten und Mitleidslosigkeiten im Charakter Friedrichs zu erklären, sei aber dahingestellt. Bekanntlich gibt es sehr sensible Menschen unter den Fleischhackern, wenn vielleicht auch weniger unter den Schlächtern. Mir jedenfalls waren die Lohnschlächter, die wir jährlich drei- bis viermal bemühen mußten, immer ein wenig unheimlich. Wer Fleisch ißt, ohne vielleicht ein ausgesprochener Fleischtiger zu sein, sollte jedenfalls der Wirklichkeit der Schlachthöfe ins Auge blicken. Und wer sich mit der mittelalterlichen Geschichte beschäftigt, der sollte sich über die Kriege und Kämpfe und Belagerungen und Besetzungen keine Illusionen machen. Er sollte aber auch das Mittelalter andererseits nicht für finsterer halten als unsere Zeit. Die Kriege in Korea, in Vietnam, auf dem Balkan, in Tschetschenien, in Afghanistan, um nur fünf der zweihundertsiebzig Kriege nach dem Zweiten Weltkrieg zu nennen, stellvertretend, waren wahrlich nicht ohne (unbeschreibliche Grausamkeiten).

Obwohl nun Friedrich II., vor dessen Standbild in Iesi ich gestanden bin, wie schöne Fotos beweisen, die mir die Historische Gesellschaft, die sich die Pflege des Andenkens an den Kaiser zur Aufgabe gemacht hat, nachgesandt hat, ein großer Tierliebhaber, ja Tiernarr und Vogelspezialist gewesen ist, der sich auch nicht gescheut hat, Aristoteles und die anderen antiken Autoritäten zu korrigieren (nur schade, daß er sich mit dem Eisvogel nicht befaßt hat, der ihm, dem Falkner, der vor allem die Adler und Greifvögel im Sinn hatte, wohl zu »minder« war), war er auch hierin widersprüchlich, wie jene Episode beweist, die davon berichtet, daß der Kaiser einmal sogar einen Falken, einen Greifvogel, der sich an einem Adler, dem König der Tiere, »vergriffen« und vergangen hatte, zum Tode verurteilte ... Und widersprüchlich ist auch die Tierliebe der Italiener, wenn man an ihre Passion für die Jagd und gerade die Vogeljagd denkt. Haben vielleicht gar die Italiener daran mitgewirkt, daß sich der Eisenkeil jahrzehntelang bei uns nicht mehr gezeigt hat? Die Wander- und Fluggewohnheiten des lieben Eisvogels legen den Verdacht nahe, daß er italienischen Jägern in die Quere gekommen ist ...

Der »Aufhänger« in allen Einführungen zu meinen Veranstaltungen in Iesi, Rom und Genua war die epische Affinität in meinem Roman »Die Abtei« zu Umberto Ecos »Der Name der Rose«. Mir waren diese Hinweise natürlich eher peinlich. Denn mir ist mehr als bewußt, daß ich meinen Kloster-Kriminalroman zwar einige Jahre vor Eco veröffentlichte, aber daß er ganz bestimmt mich nicht gebraucht hat. Und anders als jener griechische Autor habe ich ja nie einen Plagiatsvorwurf erhoben ... Es ist ja immer sehr rührend, wenn einen jemand, der einen kennt und für den man womöglich eine gewisse Bedeutung hat, anderen vorstellen will, die einen nicht kennen und noch nie etwas von einem gehört haben. In solchen Fällen der Hilflosigkeit werden gern ähnlich verschlungene Umwege gegangen. Dann werden eben unberühmte Maler mit Weltberühmtheiten verglichen und österreichische Lokalgrößen wie ich mit internationalen Großschriftstellern wie Eco, Unverkaufte und Unverkäufliche, Unübersetzte und Unübersetzbare mit Weltbestsellerautoren. Der Gefallen, der einem dabei erwiesen wird, ist sehr relativ. Natürlich wünscht man sich am Anfang seiner Laufbahn, daß einem auch international der sogenannte »Durchbruch« gelingen möge, man wäre aber als Sechzigjähriger ein armer Tropf und eine traurige Figur, wenn man noch Illusionen hätte oder daran leiden würde, daß sich diese Hoffnungen nicht erfüllt haben. Und mir war auch klar, als ich die »Italienische Reise« angetreten habe, daß ich dortzulande nicht mit meiner Pichler Ehrenbürgerschaft auftrumpfen würde können ... »In Udine kennt Sie kein Mensch«, hat mir ein Dissertant aus Udine berichtet, der dort die Probe aufs Exempel machte. Damals hat mich diese Mitteilung natürlich nicht gefreut. Heute wiederhole ich sie hier mit einem gewissen Vergnügen. Das ist aber keineswegs die Alters-

weisheit. Denn es ist durchaus Stolz in der Resignation. Der Trost aber lautet: Es gibt schlechtere Autoren, die bekannter, aber auch bessere, die unbekannter sind. Letzten Endes wird man sagen können: Es gab bessere, denen es schlechter, und schlechtere, denen es besser ging.
Den Eisvogel nennt man auf englisch übrigens *kingfisher*. Also war bei der Namensgebung die stupende Fähigkeit und ungeheure Geschicklichkeit des Eisvogels beim Fischen bestimmend und maßgebend, nicht die Form oder die Farbe des Tieres. Selbst die Griechen sind von dem alten mythologischen Namen für den Eisvogel heute abgegangen. Sie nennen ihn *pasaropouli*, das heißt »Fischervögelchen« (von *psareno* und *pouli*). Auch David Attenborough behandelt den Eisvogel in seinem Buch »Das geheime Leben der Vögel« unter »Die Fischliebhaber«, und er bringt nicht nur jenes erwähnte atemberaubende Bild des eintauchenden Eisenkeils, sondern auch eine Beschreibung voll Bewunderung für den vom *kingfisher* beherrschten und betriebenen Fischzug. Für die auf den *success* programmierten Amerikaner, könnte man vielleicht sagen, ist am Eisvogel eben dieses Fischen die »dominierende Assoziation«. Und so wird der prächtige, aber schmächtige Eisenkeil zum »König«, zum Fischerkönig, zum Gewinner beim Preisfischen. Damit hat der Eisenkeil dem Adler den Rang abgelaufen, dem König (bloß) der Lüfte. Der Eisenkeil ist König in beiden Elementen, zu Wasser und in der Luft. Ja, er ist ganz besonders im Wasser in seinem Element. Da kann der Adler nicht mit. Bei *kingfisher* stellt sich natürlich sozusagen automatisch die Assoziation »Fischerkönig« für König Amfortas im »Parzival« ein. Man sieht, wohin das führt, vom Hundertsten ins Tausendste. Von der Mißachtung zur Apotheose. Das aber war, wenn ich auf mich kommen darf, immer genau

mein Thema: die Größe der Kleinen. Nichts hat mich mehr erfreut, als zu sehen, daß jemand trotz ungünstiger Voraussetzungen und Prognosen das Unerwartete und Unerhörte zustande gebracht hat, gegen Widerstände und gegen Widersacher, die Besitzstände verteidigen und niemanden aufkommen lassen wollen. In der »Abtei« etwa geht es darum, daß sich der Landgendarm Einberger gegen das Bundeskriminalamt und die Zentralbehörde in Wien durchsetzt und bei der Aufklärung des Diebstahls des »Arnulfkelches« die Oberhand behält. Es steht Pfiffigkeit und Schläue gegen Grobschlächtigkeit, Ignoranz und Indolenz. Der Eisvogel Einberger beruft sich im Laufe der »Handlung« einmal auf Gregor Mendel, jenen Mann, der mit Hilfe eines kleinen Klostergartens und unter Mithilfe eines Laienbruders, mit bescheidenen Mitteln also und mit Erbsenstauden die berühmten Vererbungsgesetze herausgefunden hat, während viele hochdotierte Projekte der Akademien der Wissenschaften relativ wenig zustande bringen ... Mendel aber wird heute oft mit Newton verglichen ... Gern wird auch für die Alte gegen die Neue Welt Partei ergriffen, im wörtlichen Sinne in einem größeren Europa-Amerika-Kapitel, im übertragenen Sinn aber für die Vergangenheit, gegen die Hybris der Gegenwart, der Nachwelt. Vorwelt gegen Nachwelt ... Diese Denkfigur ließe sich in allen meinen Romanen und Erzählungen nachweisen, ex- oder implizit. Ganz explizit und dezidiert etwa in »Der Leumund des Löwen« oder »Almträume«. Und es paßt sicher zu mir, daß ich in meinem Pichler Haus ein »Kleinhäuslermuseum« eingerichtet habe, kein »Agrarmuseum« und kein »Bauernmuseum«, sondern eben ein Kleinhäuslermuseum. Die Objekte in diesem Dachbodenmuseum sind alle wie miniaturisiert, die Butterfässer sind etwas kleiner als bei den Großbauern, der Backtrog ein bißchen kürzer und nicht so tief, die Eimer, Töpfe, Tröge, Pitschen, Körbe, Schüsseln, Kupferkessel, Hafen für den Hausgebrauch des Kleinhäuslers … Nur die Mausefallen haben Normalmaß, weil die Beunthäusler und die Keuschler natürlich auch keine besonderen Mäuse hatten. »Bescheiden« ist ein Synonym für klein. In meinem Museum ist alles bescheiden. Natürlich sehe ich auch den Widerspruch, hier wie in meinem Leben insgesamt. Ich bin mit meiner Betonung des Bescheidenen allmählich ein wenig unbescheiden geworden. Und immer gibt mir ein Wort des verehrten Generalvikars der Diözese Gurk-Klagenfurt, Prälat Dr. Olaf Colerus-Geldern zu denken, der mich einmal gewarnt hat: Geben Sie acht, daß Sie durch Ihre Bescheidenheit nicht noch berühmt werden. So gesehen waren vielleicht auch bereits die Ehrenbürgerschaft und die anderen Ehrungen, die ich vor dem Eintritt in den Ruhestand, vor den Lebensabend-Alcedonien, vor der immerwährenden »Stillbeschäftigung« angenommen habe, ein gewisser Mißerfolg meiner Bemühungen. Ich habe mich selbst widerlegt. Ich habe mich überlebt.